Kadokawa Fantastic Novels

くまなの
Illustrator029

熊熊勇闖異世界 15

▶優奈'S STATUS_

姓名：優奈
年齡：15歲
性別：女

▶熊熊連衣帽（不可轉讓）
可以透過連衣帽上的熊熊眼睛看出武器或道具的效果。

▶白熊手套（不可轉讓）
防禦手套，防禦力會根據使用者的等級而提升。
可以召喚出名叫熊急的白熊召喚獸。

▶黑熊手套（不可轉讓）
攻擊手套，威力會根據使用者的等級而提升。
可以召喚出名叫熊緩的黑熊召喚獸。

▶黑白熊服裝（不可轉讓）
外觀是布偶裝。具有雙面翻轉功能。
正面：黑熊服裝
物理與魔法防禦力會根據使用者的等級而提升。
具有耐熱與耐寒功能。
反面：白熊服裝
穿戴時體力與魔力會自動回復。
回復量與回復速度會根據使用者的等級而提升。
具有耐熱與耐寒功能。

▶黑熊鞋子（不可轉讓）
▶白熊鞋子（不可轉讓）
速度會根據使用者的等級而提升。
根據使用者的等級，可以長時間步行而不會感到疲勞。具有耐熱與耐寒功能。

▶熊熊內衣（不可轉讓）
不管使用多久都不會髒。
是不會附著汗水和氣味的優秀裝備。
大小會根據裝備者的成長而變化。

▶熊熊召喚獸
使用熊熊手套所召喚的召喚獸。
可以變身成小熊。

技能

▶ **異世界語言**
可以將異世界的語言聽成日語。
說話時傳達給對方的內容也會轉變成異世界語言。

▶ **異世界文字**
可以讀懂異世界的文字。
書寫的內容也會轉變成異世界文字。

▶ **熊熊異次元箱**
白熊的嘴巴是無限大的空間。可以放進（吃掉）任何物品。
不過，裡面無法放進（吃掉）還活著的生物。
物品放在裡面的期間，時間會靜止。
放在異次元箱裡面的物品可以隨時取出。

▶ **熊熊觀察眼**
透過黑白熊服裝的連衣帽上的熊熊眼睛，可以看見武器或道具的效果。不戴上連衣帽就不會發動效果。

▶ **熊熊探測**
藉由熊的野性能力，可以探測到魔物或人類。

▶ **熊熊召喚獸**
可以從熊熊手套召喚出熊。
黑熊手套可以召喚出黑熊。
白熊手套可以召喚出白熊。
召喚獸小熊化：可以讓熊熊召喚獸變成小熊。

▶ **熊熊地圖ver.2.0**
可以將熊熊眼睛看到的地方製作成地圖。

▶ **熊熊傳送門**
只要設置傳送門，就可以在各扇門之間來回移動。
在設置好的門有三扇以上的情況下，可以透過想像來決定傳送地點。
傳送門必須要戴著熊熊手套才能夠打開。

▶ **熊熊電話**
可以和遠方的人通話。
創造出來以後，能維持形體直到施術者消除為止。不會因為物理衝擊而損壞。
只要想著持有熊熊電話的對象就能接通。
來電鈴聲是熊叫。持有者可藉由灌注魔力切換開關，進行通話。

▶ **熊熊水上步行**
可以在水面上移動。
召喚獸也可以在水面上移動。

▶ **熊熊心電感應**
可以呼叫遠處的召喚獸。

魔法

▶ **熊熊之光**
藉由聚集在熊熊手套上的魔力，可以產生熊熊形狀的光球。

▶ **熊熊身體強化**
將魔力灌注到熊熊裝備，就可以進行身體強化。

▶ **熊熊火屬性魔法**
藉由聚集在熊熊手套上的魔力，可以使用火屬性的魔法。
威力會與魔力、想像呈正比。
如果想像出熊的模樣，威力會變得更強。

▶ **熊熊水屬性魔法**
藉由聚集在熊熊手套上的魔力，可以使用水屬性的魔法。
威力會與魔力、想像呈正比。
如果想像出熊的模樣，威力會變得更強。

▶ **熊熊風屬性魔法**
藉由聚集在熊熊手套上的魔力，可以使用風屬性的魔法。
威力會與魔力、想像呈正比。
如果想像出熊的模樣，威力會變得更強。

▶ **熊熊地屬性魔法**
藉由聚集在熊熊手套上的魔力，可以使用地屬性的魔法。
威力會與魔力、想像呈正比。
如果想像出熊的模樣，威力會變得更強。

▶ **熊熊電擊魔法**
藉由聚集在熊熊手套上的魔力，可以使用電擊魔法。
威力會與魔力、想像呈正比。
如果想像出熊的模樣，威力會變得更強。

▶ **熊熊治療魔法**
可以使用熊熊的善良心地治療傷病。

克里莫尼亞

菲娜

優奈在這個世界第一個遇見的少女，十歲。由於母親被優奈所救而與她結緣，開始負責肢解優奈打倒的魔物。經常被優奈帶著到處跑。

修莉

菲娜的妹妹，七歲。時常緊跟在母親堤露米娜身邊，幫忙「熊熊的休憩小店」的工作，是個懂事的女孩。最喜歡熊熊。

堤露米娜

菲娜與修莉的母親。被優奈治好了疾病，此後與根茲再婚。受到優奈委任，負責「熊熊的休憩小店」等店面的庶務。

根茲
克里莫尼亞冒險者公會的魔物肢解專員。很關心菲娜，後來與堤露米娜結婚。

諾雅兒・佛許羅賽

暱稱諾雅，十歲。佛許羅賽家的次女。是個熱愛「熊熊」的開朗少女。

克里夫・佛許羅賽

諾雅的父親。克里莫尼亞城的領主。是個經常被優奈的誇張行動拖下水的可憐人。個性親民，受人愛戴。

雪莉

孤兒院的女孩。手巧的優點受到肯定，目前在裁縫店拜師學藝。接下了優奈的委託，替她製作熊緩和熊急的布偶。

寶
孤兒院院長。在孤兒院失去津貼而陷入窮困的時候，仍然無怨無悔地為孩子付出。

莉滋
孤兒院的老師。跟身為院長的寶一起認真養育孩子們。

泰摩卡
克里莫尼亞城的裁縫師傅。將雪莉收為學徒。

娜爾
泰摩卡的妻子。在丈夫的裁縫店幫忙接待客人。

莫琳
過去是王都的麵包師傅。麵包店遇上糾紛時受到優奈的幫助，此後負責在「熊熊的休憩小店」做麵包。

卡琳
莫琳的女兒。和母親一起在「熊熊的休憩小店」工作。做麵包的手藝很好，甚至不輸母親。

涅琳
莫琳的親戚。前往王都拜訪莫琳的時候遇見優奈，後來在莫琳的店裡負責製作蛋糕。

安絲

密利拉鎮的旅館女兒。料理的手藝被優奈發掘，於是離開父親身邊，前往克里莫尼亞的「熊熊食堂」掌廚。

妮芙
原本為了在安絲的店裡工作而從密利拉鎮來到克里莫尼亞城，卻轉而到孤兒院任職。

賽諾
來到安絲的店裡工作的最年輕女性。

弗爾妮
來到安絲的店裡工作的女性，感覺就像安絲和賽諾的姊姊。

貝朵
來到安絲的店裡工作的女性，給人認真的印象。

露麗娜
曾與戴波拉尼組隊的女性冒險者。與優奈關係友好，曾到她的店裡擔任護衛。

基爾
戴波拉尼的隊伍中的沉默冒險者。後來退出戴波拉尼的隊伍，經常與露麗娜一起行動。

王都

希雅・佛許羅賽

諾雅的姊姊，十五歲。是個綁著雙馬尾的好勝女孩，就讀王都的學校。優奈護衛諾雅前往王都的時候認識了她。

錫林

米莎娜・法連格倫

暱稱米莎。前去參加國王誕辰的途中遭到魔物襲擊，被優奈所救。曾邀請優奈等人參加自己的十歲生日派對。

葛蘭・法連格倫

米莎的祖父。錫林城的領主。前往王都的途中遭到魔物襲擊，被優奈所救。

瑪麗娜

曾護衛葛蘭的女性冒險者。在錫林城與優奈重逢，一起清除巨型鼴鼠。

艾兒

瑪麗娜的隊伍中的巨乳魔法師。雖然在錫林城與優奈重逢，卻被她忘了名字。

密利拉

阿朵拉

密利拉鎮的冒險者公會會長。原本有些自暴自棄，但優奈讓城鎮恢復平靜之後，她便開始賣力工作。

克羅爺爺

密利拉鎮的長老之一。曾拜託優奈在城鎮和克里夫之間牽線。

迪加

密利拉鎮的旅館老闆。安絲的父親。烹調海鮮料理的手藝令優奈大受感動。

達蒙

優奈初次前往海邊時，在路上救助的密利拉鎮漁夫。

安娜貝爾

傑雷莫的教育專員。

賽伊

密利拉鎮冒險者公會的職員。被擔任會長的阿朵拉當作雜務工使喚。

傑雷莫

密利拉鎮的商業公會職員。鎮上恢復平靜後，因其人望而被選為公會會長。

尤拉

達蒙的妻子。是個懂得馭夫的可靠太太。

▶KUMA KUMA KUMA BEAR_VOL.15

故事大綱

優奈帶著孤兒院的孩子們、菲娜一家人、餐廳的員工、諾雅與希雅以及米莎等許多人，一起前往密利拉鎮享受快樂的旅行。不只是海水浴，還要品嚐海鮮大餐、體驗釣魚等，不管玩多久都嫌時間不夠♪

優奈跟阿朵拉等鎮民打過招呼後，聽說密利拉的遠洋突然出現了一座神祕的「移動島嶼」。優奈無法壓抑對未知島嶼的好奇心，於是為了避人耳目，她決定打造某種遊樂設施！

超乎想像的神祕島嶼、襲擊而來的強大魔物……優奈等人究竟能不能平安結束這趟旅行呢？

熊熊女孩的異世界冒險故事，熟悉角色大集合&度假與冒險的第十五集！

379 熊熊到處打招呼 之一（第三天）

啪啪，啪啪。

某種柔軟的東西觸碰著我的臉。

我把那東西拉過來，抱在懷裡。

「咿～」

某種東西在我懷裡叫著。

我睜開眼睛，發現懷裡有一個白色的布偶……不對，是熊急。

看來牠正想叫醒我，就被我抱住了。

而且，熊緩也在我的背後，正在努力地叫醒我。

「熊緩、熊急，早安。」

我從床上下來，打開窗簾，陽光便照進室內。我望向窗外，看見一片漂亮的藍天。

真是享受海水浴的大好天氣。

今天孩子們分成兩隊，有些人要去搭船，有些人要去鎮上觀光。

379 熊熊到處打招呼 之一（第三天）

並不是所有人都對搭船有興趣，所以基本上都可以自由行動。

「優奈小姐和菲娜真的不去搭船嗎？」

我、菲娜和修莉打算去向以前照顧過我們的鎮民打聲招呼。

昨天聽了堤露米娜小姐的一番話，我也覺得去見個面會比較好。

連安絲都問我：「優奈小姐也要去見我爸爸嗎？」而且正如堤露米娜小姐所說，既然僱用了人家的寶貝女兒，我就應該去打聲招呼才對。

雖然我昨天也可以跟堤露米娜小姐一起去，但我實在不想當夫妻倆的電燈泡。

「而且我們上次來的時候就搭過船了。」

「對喔，菲娜也已經來過密利拉鎮了嘛。」

諾雅這麼說，有點羨慕地看著菲娜。

「當時有些人照顧過我們，所以我們要去跟人家見個面，諾雅妳們就去好好地玩吧。」

「很可惜不能跟優奈小姐妳們一起搭船，但好吧。」

於是，要搭船的諾雅等人和要去鎮上的孩子們便走出熊熊大樓。

順帶一提，要搭船的大人有莫琳小姐、卡琳小姐和涅琳。另外還有照顧孩子們的莉滋小姐、護衛諾雅等人的瑪麗娜與艾兒。露麗娜小姐也想搭船，所以基爾會陪著她一起去。堤露米娜小姐和根茲先生好像也要去搭船。

往鎮上出發的小朋友會由當地出身的安絲、賽諾小姐、弗爾妮小姐、貝朵小姐和妮芙小姐來帶隊。院長本來好像打算留在熊熊大樓，卻在安絲與孩子們的邀請之下，決定一起去鎮上逛逛。

我從三樓的個人房間揮揮手，目送孩子們離開。

這麼一來，留在熊熊大樓的人就只剩我、菲娜和修莉了。

「妳們兩個真的不去嗎？修莉不是很想搭船？」

我說要去找迪加先生，菲娜和修莉就說要跟我來了。

「我想跟優奈姊姊一起去。」

「嗯，雖然我很想搭船，可是也想去找迪加叔叔。」

於是，我帶著菲娜和修莉，前往迪加先生的旅館。

我們踩著悠閒的步伐，走出熊熊大樓。今天也是大晴天。海面很平穩，或許很適合搭船。

一到鎮上，我就成了鎮民的注目焦點，視線卻跟王都不太一樣。王都的人都是帶著「那是什麼？」的好奇視線看著我，但密利拉鎮的人卻是帶著感恩的視線。

可是，沒有人圍到我身邊。

聽說鎮民之間會彼此約定，避免造成我的麻煩。

雖然我覺得有點小題大作，但總比被包圍來得好。

過了一陣子，我們順利抵達旅館，便有個肌肉男出來迎接我們了。

「歡迎光臨。嗯？這不是熊姑娘嗎？」

「迪加先生，好久不見。」

我打了招呼，菲娜和修莉也鞠躬問好。

「是啊，妳們好像也很有精神嘛。昨天安絲突然跑回來，嚇了我一跳。」

「她沒有寫信給你嗎？」

「她是有寫信給我，但沒提到自己會回來。她應該是覺得那麼寫會讓我們擔心吧。畢竟她好像也沒想到自己會這麼快就回到鎮上。」

這麼說來，她確實說過類似的話。

「我聽說妳也有來密利拉的時候，本來想去找妳，但忙得走不開。」

「客人果然很多嗎？」

「是啊，多虧那條隧道，來往的人潮變多了，每天都有很多客人要住宿。」

「該不會很需要安絲的人手吧？」

要是迪加先生想把安絲叫回來，我就傷腦筋了。

可是，我會尊重迪加先生和安絲的意願。

「昨天聽說這件事的時候，安絲也問我們是不是需要她回來。」

「真的嗎！可是她昨天跟今天都沒有提到這種事耶。」

我昨天跟今天都有和安絲見面，但她並沒有說過類似的話。

「安絲姊姊要走了嗎？」

如果安絲說她想回來，我也不忍心逼她留下。

迪加先生把大大的手放在一臉難過的修莉頭上。

「我已經拒絕她了，別擔心。她負責在小姑娘的店裡掌廚，所以我叫她別輕言放棄。而且，我聽那位叫堤露米娜的小姐說過，安絲在那裡工作得很快樂。光是看安絲本人的表情，我就知道她很喜歡現在的生活。如果她做得很痛苦，我就會帶她回來了。」

「這種時候不是應該對她說，可以獨當一面之前都不准回來嗎？」

「我怎麼能對心愛的女兒說出那種話！如果是兒子，我就踹他屁股，把他趕回去。」

看來不論是哪個世界，父親都很溺愛女兒。

「不過，妳可不要把我說過的話告訴她喔，我會很難為情的。」

肌肉老爹就算擺出嬌羞的臉也不可愛，請不要露出那種表情。

「話說回來，看到安絲好像過得不錯，我就放心了。」

不只是透過堤露米娜小姐，迪加先生好像也能從住宿客口中聽說安絲在克里莫尼亞過得如何。

「熊熊食堂」似乎算是小有名氣。而且從密利拉前往克里莫尼亞的人也會帶著一些消息回來。

關於安絲的情報，好像都已經傳進迪加先生耳裡了。

畢竟這裡是旅館，我也沒有特別封口，所以蒐集情報應該不是難事。

可是這麼說來，既然那些人會去安絲的店，就表示關於迪加先生的情報也會流向安絲嗎？
算了，能互相得知對方的消息也是好事。這樣應該就不會擔心彼此了。
後來，我們聊了安絲在克里莫尼亞的近況，便離開了旅館。

「接下來要去找阿朵拉小姐嗎？」
「因為我上次沒去找她，結果惹她生氣了嘛。」
不過是沒有露臉，我實在不懂她為何要生氣。
或許是因為我以前過了太久的邊緣人生活，所以才會覺得沒什麼特別的事就不需要見面吧。
普通人到了朋友家附近，就會順路去打聲招呼嗎？
於是，我們為了見到阿朵拉小姐，前往冒險者公會。
我一走進冒險者公會，便久違地吸引了好奇的目光。
「熊怎麼會跑到這裡來？」
「你不知道嗎？熊姑娘跟她的員工一起來旅行了。」
一名冒險者得意洋洋地說道。
「你怎麼會知道這種事？」
就是啊，他怎麼知道？
「因為我有看到店裡的休假公告啊，早就知道了。我可是那家麵包店和餐廳的常客呢。」

既然他看過公告，就表示他最近才從克里莫尼亞來到密利拉鎮吧？

可見往來密利拉鎮的旅程已經變得非常簡單了。

我正要到櫃檯詢問關於阿朵拉小姐的事時，一名公會中的男性職員向我走了過來。

我記得這個人是……

「優奈小姐，好久不見了。」

我趕緊轉動自己的腦袋，努力回想對方的名字。

他是待在阿朵拉小姐身邊，也來過旅館的公會職員。

「賽、賽伊先生，好久不見。」

好險，好險。我剛才一時想不起他的名字。

賽伊先生不知道是沒有察覺，還是假裝沒有察覺，對我露出笑容。

「阿朵拉小姐在嗎？既然都來到密利拉了，我想跟她打聲招呼。」

「是，她在。請到深處的辦公室。」

在賽伊先生的帶領之下，我們走向有阿朵拉小姐在的深處辦公室。

一路上遇到的其他公會職員都對我低頭鞠躬。真是的，不用這樣啦。我帶著菲娜和修莉，快步走進辦公室。

「怎麼了？有什麼工作就延到下午。」

阿朵拉小姐仍然看著文件，對我們這麼說道。

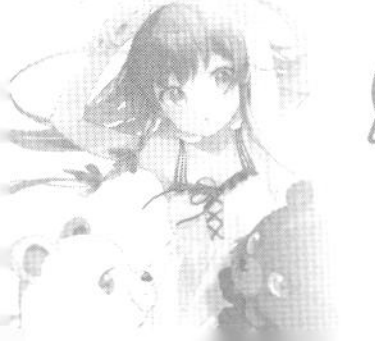

「會長，不是工作，是優奈小姐來拜訪了。」

「優奈來了？」

賽伊先生一回答，在桌前做著文書工作的阿朵拉小姐便抬起頭。

「優奈！連菲娜和修莉也來了！」

「阿朵拉小姐，好久不見。」

我一打招呼，菲娜和修莉也跟著打招呼。

阿朵拉小姐的打扮還是一樣暴露。就是因為對自己的身材有自信，她才敢這樣穿吧。我實在是沒有辦法打扮成這個樣子。

「妳來密利拉了啊？」

看來阿朵拉小姐跟迪加先生不同，並不知道我來訪的事。

賽伊先生說「我去端茶來，請慢慢坐」，然後走出房間。

「我是兩天前來的。而且上次妳抱怨我沒有來打招呼，所以我才會過來。」

「那才不算抱怨呢。虧我那麼照顧妳，都要怪妳沒有來露臉啦。」

所以我這不是來了嗎？

「話說回來，妳怎麼會來？這次又是帶她們兩個來玩嗎？」

我簡單說明了自己來訪的理由。

「帶著孩子們一起參加員工旅行啊，妳做的事還真奇怪呢。」

真的很奇怪嗎？

算了，就算被別人當作怪人也無所謂。這就是我想做的事。反正我也沒有給別人添麻煩。這麼一想，我的腦中便浮現堤露米娜小姐的臉。我搖搖頭，把堤露米娜小姐趕出腦海。

堤露米娜小姐應該也很享受這次的旅行，所以沒問題。

今天她跟孩子們一起去搭船了。堤露米娜小姐說過，她想去參觀漁夫捕魚的過程。她一定很樂在其中。

「對了，昨天是不是有叫做堤露米娜小姐和根茲先生的人來過？」

我聽說他們也有去冒險者公會。

「堤露米娜和根茲？有啊，他們有來，說是有克里莫尼亞的冒險者公會交代的工作。」

「順帶一提，他們就是這兩個孩子的父母。」

「這樣啊。如果我知道，就能聊聊關於優奈的事了，真可惜。」

「話說回來，妳好像很忙呢。」

我看著放在桌上的文件。

「就是啊。鎮上的警備工作也是由冒險者公會負責，所以有點忙。」

「這裡沒有警備隊嗎？」

「是有一支小型的警備隊啦，但由於訪客增加，所以目前人手不夠。因為這樣，冒險者公會才會接下鎮上的警備工作。」

「那應該還好吧。」

「管理警備隊的工作也是由我來做喔。」

「是嗎？」

「由管理冒險者的我來接下警備隊的管理工作，可以省下各種麻煩。而且，我可以把警備隊無法處理的案件轉介給冒險者，也能快速傳達城鎮周圍的魔物情報，所以有很多好處。只不過，壞處就是我會變得很忙。」

阿朵拉小姐笑著這麼說，卻沒有不甘願的神色。

「而且，現在到處都有人手不足的問題，我們也只能在能力範圍內盡量幫忙了。」

據說雖然人手增加，但工作量也相對增加了。

「對了，有件事我一直想問妳。為什麼我的房子周圍沒有整地？」

我的房子周圍還留有樹林，並沒有被砍伐。細細的道路兩旁被森林包圍，路上還鋪了石磚，沿著路走就能抵達熊熊大樓。若要形容的話，現在的熊熊大樓就像一座寺院或神社一樣。

「啊，妳說那個啊。」

阿朵拉小姐緩緩從我身上移開視線。

「經過一番討論，我們決定維持現狀。」

「為什麼？」

「因為那裡蓋了那種東西，附近就不能再蓋其他房子了嘛。沒有人會想蓋在那邊，大家也覺

得不應該蓋在那邊，所以就變成那樣了。」

換句話說，都是熊熊大樓的錯嗎？

「而且周圍有樹林的話，就不會引人注目了吧。」

確實不會立刻發現。但只有那裡有森林，反而會引人注目。況且還有那條鋪設完善的道路。只要經過那條路前面，就算不願意也會看到熊的臉。

把圍牆弄高就能遮住了嗎？

「如果妳不喜歡的話，就自己去跟鎮民說吧。」

這個人竟然嫌麻煩，就這樣撒手不管了。

我也覺得很麻煩。我不打算去說服居民，請他們特地整理房子周圍的土地。

「因為大家都很感謝妳，所以絕對不會做出讓妳不高興的事。我要先聲明，他們並不是出於惡意才那麼做的。」

從漁夫們昨天的態度就看得出來。我知道他們想向我道謝，而且會避免造成我的麻煩。

他們真的不必把克拉肯和隧道的事情放在心上的。

我打倒克拉肯是為了米飯、醬油和味噌，挖隧道也只是為了確保海鮮的流通路線，並邀請安絲來工作罷了。所以，他們不需要那麼在意這些事。

但事到如今，我也無法說出實話，只好接受現狀了。

380 熊熊到處打招呼 之二（第三天）

離開冒險者公會之後，為了答謝商業公會總是定期配送米和海鮮到店裡，我們決定去見傑雷莫先生一面。

我一走進商業公會，就跟冒險者公會一樣，成了視線的焦點。

「熊？」「熊姑娘？」「熊姑娘來了呢。」「我聽說她有去海邊游泳。」「穿著那套衣服嗎？」「聽說她穿著那套衣服出現在海邊。」「她不會熱嗎？」「真不愧是熊姑娘。」

我不懂這有什麼好佩服的，但他們似乎知道我去過海邊。

話說回來，商業公會裡的人比想像中還多，充滿了活力。

為了詢問關於傑雷莫先生的事，我走向公會職員所在的櫃檯，這時有個很面熟的女性走了過來。

「我還在想怎麼這麼吵，原來是優奈小姐來了呀。」

出現在我眼前的人是為了教導傑雷莫先生成為稱職的公會會長，而從克里莫尼亞來到這裡的安娜貝爾小姐。

原來她還待在密利拉啊。

「安娜貝爾小姐，好久不見。」

「事情我都聽說了。妳帶著在店裡工作的孩子們，一起來密利拉玩對吧。不只是給孩子們一份工作，還這麼體貼員工，妳真是個好老闆。其他商人也應該向妳多多學習。」

安娜貝爾小姐瞄了周圍一眼，看似商人的人們便別開視線。

「這是為了感謝他們努力工作。而且想要有效率地工作，休息也是很重要的。」

每天反覆做著同樣的事就太無聊了。生活也需要適時放慢步調。所以，我希望每年都能給他們幾次放鬆的機會。

「呵呵，考慮到開店的營收，普通人才不會那麼做呢。」

這個嘛，我覺得只要沒有賠錢就好了。不過，據堤露米娜小姐所說，多虧大家的貢獻，營收似乎成長得很順利。

所以就算多少休息一陣子，也不會有任何問題。只要他們能好好充電，再重回工作崗位就行了。

「話說回來，安娜貝爾小姐，原來妳還留在這裡啊。」

「對呀，我也曾考慮要回克里莫尼亞，但我已經拜託米蕾奴小姐，請她把我轉調到這裡的商業公會了。」

「咦，但妳不是已經結婚，而且孩子還很小嗎？」

「對呀，所以我也請老公和孩子搬來這裡了。」

安娜貝爾小姐瞥向職員所在之處，只見一名待在深處的纖瘦男性職員對我低頭致意。

「那位是妳的先生嗎？」

他是個很斯文的男性，但看起來好像是會怕老婆的類型。不過，比起長期分隔兩地，還是一起生活比較幸福。這樣也是為孩子好。

「原來妳先生也在商業公會工作啊。」

「是呀，我們是在商業公會認識的，彼此一見鍾情……討厭啦優奈小姐，看看妳害我說了什麼！」

不，我又沒有問那麼多。是安娜貝爾小姐自己要說的。我才不想看別人放閃呢。

不過，願意跟她一起搬來密利拉的老公應該是個好人。

「其實，我之所以想轉調到這裡，也是因為公會職員的請求啦。」

安娜貝爾小姐稍微看了一下公會職員，嘆了口氣。

「光靠我們這些人，沒辦法代替安娜貝爾小姐掌控傑雷莫先生啦。」

「安娜貝爾小姐不在，我們就傷腦筋了。」

密利拉的公會似乎很需要安娜貝爾小姐。

「就是這麼回事，所以我才決定留下來。」

「傑雷莫先生是個糟糕的公會會長嗎？」

「沒有那回事。他確實有當會長的資質。只不過，問題在於他的偷懶癖。我只要稍微轉移注

意力，他就想溜出辦公室。可是，他在鎮民之間倒是很有人望。而且人面也廣，只要傑雷莫先生出面拜託，大多數人都會答應。只要能改掉偷懶癖，他就能成為優秀的公會會長了。」

克羅爺爺等人好像也說過類似的話。

受到鎮民的仰慕，或許是領導者必備的素質吧。

「請問傑雷莫先生在嗎？我是來向他打聲招呼的。」

「他在深處的辦公室工作，我帶妳們去吧。」

安娜貝爾小姐這麼說道，帶著我們前往有傑雷莫先生在的辦公室。可是，走進辦公室的時候，我們並沒有看到傑雷莫先生，只看到桌上的一大堆文件，還有一扇打開的窗戶。

「那個人真是……」

安娜貝爾小姐似乎很頭大。

呃，照這個情況看來，他是丟下工作逃跑了嗎？

「唉，優奈小姐，請妳們坐下來稍等吧。我馬上去準備飲料。」

「不用去找他嗎？」

「他馬上就會回來了。」

說完，安娜貝爾小姐走出辦公室。

「優奈姊姊，我們要等嗎？」

「妳們覺得呢？」

雖然安娜貝爾小姐說他馬上就會回來，但我也可以先去找克羅爺爺再過來一趟。我正在猶豫的時候，修莉出聲大叫：

「姊姊！優奈姊姊！窗戶那邊有奇怪的人！」

「窗戶？」

我望向窗戶，發現傑雷莫先生正要爬進辦公室。

我們跟傑雷莫先生四目相交。

「熊姑娘妳們怎麼會在這裡？」

「我們是來向你打招呼的，結果剛才沒遇到你。」

「那還真抱歉。我只是去外面散散步，休息一下。」

傑雷莫先生跨過窗框，踏進辦公室。

「安娜貝爾小姐剛才很生氣喔。」

「真的嗎？她這個時段應該在忙自己的工作，不會來找我才對。」

看來傑雷莫先生早就料到這一點，所以才會偷溜出去。

「大概是因為我的關係吧。她是為了幫我帶路才會過來的，抱歉。」

「不，這不是妳的錯，別放在心上。我會……假裝自己剛才是去上廁所，沒問題的。」

「哎呀，原來你是從窗戶出去上廁所的呀？」

端著飲料的安娜貝爾小姐站在辦公室的門口。傑雷莫先生露出不知所措的表情。

「對啊，因為……這邊離廁所比較近。」

「可是，這裡的門一出去就是廁所了呀。」

安娜貝爾小姐面無表情地答道，然後把飲料放到我們面前。

「因為我很急……」

「所以，你在外面上了廁所？」

「在外面上廁所？」

傑雷莫先生同時承受安娜貝爾小姐的輕蔑眼神與修莉的純真眼神。

「沒、沒有啦，我亂說的。」

傑雷莫先生無法對修莉說謊，總算誠實回答。偷懶的事明明早就曝光了，他為什麼還想狡辯呢？

傑雷莫先生一臉尷尬地坐下，開始陷入沉思。

「對了，昨天有一位叫做堤露米娜的小姐來打招呼，她是小姑娘認識的人吧？」

看來他很想轉移話題。

我也很常轉移話題，沒資格說別人。所以，這次我決定配合傑雷莫先生。

「嗯，她是在我店裡工作的員工。順帶一提，她也是這兩個孩子的媽媽。」

我望向正在喝茶的菲娜與修莉。

「這樣啊。那麼小姑娘，妳找我有什麼事嗎？」

「也沒有什麼事啦，只是因為你們總是優先配送新鮮的漁獲和米給我，所以我來道個謝。」

我聽安絲說過，從密利拉送到克里莫尼亞的漁獲之中，品質好的食材都會優先送到我的店裡。我其實沒有特別要求。據安絲所說，她看魚的狀態就知道。

「那不是我下的指示，是漁夫們自動自發的行為。」

「這麼說來，我看過漁夫們為了送去優奈小姐店裡的魚而發生爭執呢。他們吵著說自己捕的魚比較大，或是肉質比較鮮美有勁。」

安娜貝爾小姐似乎想起了什麼，這麼說道。我很高興他們送好東西給我，但不希望他們吵架。

不過，聽說克羅爺爺有出面制止爭執。

克羅爺爺真的幫了我很多。我衷心祈求克羅爺爺可以長命百歲。我看這次就送他一些神聖樹的茶葉好了。

「話說回來，妳讓辛苦工作的孩子們休假，還帶他們一起來玩，真希望某個公會職員也能向妳多多學習。」

傑雷莫先生說出聽起來很耳熟的臺詞。

「你是說我嗎？我三天前不是有讓你休假嗎？」

「那是視察吧，我還得到處拜訪別人耶。」

「是因為你說想出去走走，我才那麼安排的。而且，了解現場的狀況也是公會會長的職

責。」

我偶爾會聽說，不清楚現場狀況的上司是最沒用的。

「所以那就是工作啊。」

「可是，你去拜訪的時候有喝酒吧？」

「妳、妳怎麼知道……」

「我當然知道。不過，因為我覺得你需要休息，所以沒有罵你。」

既然是在工作時喝酒，或許真的不能說是工作。問題在於傑雷莫先生的心態吧。被逼著應酬跟快樂地喝酒，感覺完全不同。

我玩遊戲的時候，也會遇到開心跟不開心的社交場合。

可見一切都要看陪伴的對象。

「既然如此，如果以後你有喝酒，我應該要罵你嗎？」

「……請不要罵我。」

看來是傑雷莫先生輸了。

「還有，克羅爺爺差不多要來了，請趁這段時間盡量解決一些工作。畢竟你剛才都在上廁所。」

傑雷莫先生好不容易轉移話題，卻又被安娜貝爾小姐重新提起。

不過，有句話讓我更在意。

「克羅爺爺要來嗎？」

「因為關於出海的事務都是克羅爺爺負責，所以我們會請他定期來報告。主要是關於送往克里莫尼亞的漁獲。能捕獲的魚種和數量會依季節而異，所以商業公會需要詳細的情報，才會請他定期拜訪公會。」

克羅爺爺等一下似乎會來到這裡。

既然如此，我可以在這裡等他嗎？

「菲娜、修莉，我想跟克羅爺爺打聲招呼，可以暫時待在這裡嗎？如果妳們不想等，可以去散散步。」

「修莉，妳覺得呢？要去外面嗎？」

菲娜這麼詢問修莉，似乎想先聽過修莉的意見再決定。

「我要跟熊緩和熊急玩，在這裡等。」

如果是跟熊緩和熊急在一起，修莉好像就願意等待。我召喚了小熊化的熊緩和熊急，菲娜與修莉便把牠們抱到桌上，跟牠們玩了起來。

「奇怪，小姑娘，妳的熊怎麼這麼小？」

「就是呀，我聽說優奈小姐的熊很大隻，牠們是別的熊嗎？」

「是同樣的熊啦。我的熊跟普通的熊不一樣，也可以變小。」

後來，傑雷莫先生在安娜貝爾小姐的監督之下，努力工作直到克羅爺爺抵達為止。

381 熊熊得知神祕島嶼（第三天）

菲娜和修莉一下子捏捏熊緩和熊急的肉球，一下子搓揉牠們的肚子，開心地玩著。這個樣子就像在跟小狗玩似的。我一邊瞄著她們倆，一邊向安娜貝爾小姐與傑雷莫先生詢問城鎮的近況，打發時間。我們對話的時候，傑雷莫先生也正在處理手上的工作。安娜貝爾小姐一邊監督傑雷莫先生，一邊回應我的疑問。我跟他們兩個人聊著密利拉鎮的事，克羅爺爺就來了。

「我聽說熊姑娘來了……」

一走進辦公室，克羅爺爺便掃視屋內，尋找我的身影。他馬上就發現我，向我走了過來。

「昨天我這邊的人好像給妳添了麻煩，真抱歉啊。」

克羅爺爺一見到我，立刻這麼道歉。

「我有叫他們別給妳添麻煩，但他們無論如何都想向妳道謝。因為我當時不在場，沒能及時制止。」

「不會啦，漁夫們請我們吃了很多好料，孩子們也都很高興，請不要罵他們。而且，今天我們還接受了大家的好意，請他們載著孩子們出海呢。」

「很高興聽到妳這麼說。不過，我已經唸過他們了。」

看來用不著我開口，克羅爺爺就已經幫我提醒過了。

話說回來，像克羅爺爺這麼可靠的人站在我這邊，真令人安心。只要克羅爺爺的一句話，漁夫們也願意傾聽我的請求。我真的很感謝克羅爺爺。

「那麼小姑娘，妳怎麼會在這裡呢？」

「優奈小姐一直在等您，克羅爺爺。」

安娜貝爾小姐代替我答道。

「因為我聽說克羅爺爺幫了我不少忙，才想來說聲謝謝。」

「我可不覺得自己有幫上什麼忙。」

要不是有克羅爺爺的幫助，事情一定會變得更麻煩。他就像是一道阻擋災害的防波堤。我希望他可以常保硬朗，統率那群漁夫。萬一防波堤崩潰了，後果不堪設想。

「沒那回事。我很感謝你，克羅爺爺，今後也要請你多多指教了。」

「畢竟這是我跟妳的約定嘛，小姑娘。」

我跟克羅爺爺的約定——克羅爺爺一直信守承諾，沒有讓克拉肯的事情傳出去，也沒有把我的事情鬧大。

為了讓克羅爺爺常保健康，我拿出裝著神聖樹茶葉的小盒子，放在桌上。

「這是？」

「這是能消除疲勞的茶葉。疲勞的時候可以喝，保證有效。」

神聖樹的茶葉經過克里夫的試毒……不對，是驗證過效果了。聽說它能消除疲勞，提昇工作效率。

「因為我希望克羅爺爺可以一直健健康康的。」

主要是為了我。

「可是，請注意不要喝太多喔。如果你變得太有精神，結果反而工作到過勞，那就糟糕了。」

「讓人打起精神的茶葉啊，真是謝謝妳。只要喝了這個，我就能好好鍛鍊那群小夥子了吧。」

克羅爺爺高興地收下了裝有神聖樹茶葉的小盒子。

我搞不好送了什麼不該送的東西。我在心中默默對年輕漁夫們道歉。請你們跟著克羅爺爺好好修行，成為了不起的漁夫吧。

傑雷莫先生看著裝有神聖樹茶葉的小盒子。

「傑雷莫先生也想要嗎？」

「不，不用了。要是我精神變好，導致工作增加，那就慘了。」

傑雷莫先生搖搖頭，拒絕了我。

「我比較喜歡靠睡眠來消除疲勞。」

這一點，我也跟傑雷莫先生有同感。比起靠營養劑來恢復體力，靠睡眠肯定好多了。睡眠是我的堅持，在床上耍廢就是正義。所以，就算安娜貝爾小姐希望我能提振傑雷莫先生的精神，我也不會給他的。

「那麼，關於定期報告，請問有發生什麼狀況嗎？」

我們的對話結束後，安娜貝爾小姐向坐在椅子上的克羅爺爺這麼問道。克羅爺爺從包包裡取出紙張，交給安娜貝爾小姐。

我們錯過了離開辦公室的時機，只好留下來聽。修莉對這種話題沒有興趣，正在跟熊急一起玩。

也好，至少她沒有表現出很無聊的樣子。菲娜把熊緩放在腿上，一邊摸牠的頭，一邊聽其他人說話。

「紙上也寫得很清楚了，沒有什麼特別的變化。漁獲量也很穩定。真要說有什麼困擾的話，頂多就是有一個笨蛋靠近了那座島，結果把船弄壞了。」

「那個人沒事吧！」

聽到克羅爺爺的報告，安娜貝爾小姐很驚訝。

「不必擔心。雖然船沉了，但幸好當時沒有漩渦，他也被其他漁船救了起來。我明明再三告誡他們別靠近那座島了，那個笨蛋實在是……」

「你們在說什麼？」

島、漩渦、漁船沉沒。

只靠這些隻字片語，我也不知道他們到底在說什麼。聽起來好像是很危險的事。

「啊，也難怪小姑娘不知道。畢竟這件事只有會出海的漁夫知道。大概在五天之前，海上突然出現了一座島。」

「出現了一座島？」

一般來說，島應該不是會突然出現的東西吧。意思是有海底火山噴發了嗎？還是說，這是異世界特有的現象？

「竟然有島突然出現，一時之間實在令人難以置信。」

安娜貝爾小姐似乎對克羅爺爺所說的話抱持否定的態度。也對，正常來講，島根本不是會突然出現的東西。

「每天出海的漁夫不可能沒發現那裡有一座島。已經捕魚幾十年的我也確認過了，那個地方原本並沒有島。」

克羅爺爺斷然說道。

既然他已經捕魚幾十年，大海對他來說就像自家後院吧。漁夫們不可能一直沒有注意到像島嶼那麼大的東西。

「我記得以前也發生過同樣的事，當時在漁夫之間引起一陣騷動吧？」

在一旁聽著的傑雷莫先生似乎想起了以前的事，開口這麼說道。

「是啊，我記得那是三年前。在那之前是五年前。更早以前也發生過同樣的事。海上突然出現一座島，然後又在幾天內消失，實在是不可思議的現象。」

聽起來不像是因退潮而出現的島。

根據他們的說法，那座島是出現在遠洋。

「我們調查過島的位置，發現跟上次不太一樣。」

「這麼說來，那座島會動嗎？」

「就是這麼回事。」

「島會動？」

原本正在跟熊急玩耍的修莉加入話題。看來她似乎對會動的島有興趣。

「我是這麼認為的。一座島不知從何處漂來，然後又漂往其他地方。」

所以那是一座浮島嗎？

雖然會依大小而異，但或許有一座浮島會根據一定的週期，漂到密利拉附近。如果是這樣的話，似乎就能解釋了。

「那座島跟以前出現的島是一樣的嗎？」

「我們並沒有靠近確認，而且那畢竟是幾年前的事了，沒有人記得島的形狀，所以不清楚。」

也對，說得有道理。除非有什麼突出的特徵，要不然我也沒辦法記住幾年前看過的東西是什麼形狀。

「而且島上有許多岩壁，四周還圍繞著不少漩渦，無法輕易靠近。過去曾有人想要登上那座島，但船都沉沒了，甚至有人喪命。所以，我們禁止任何人靠近那座島，卻有個年輕人不聽勸，航向那座島。所幸他平安被其他漁船救了起來，但總有些人抵抗不了好奇心，真令人頭大。」

竟然有漁夫連克羅爺爺說的話都不聽。

話說回來，原來還有那種島嶼存在啊。或許是因為遊戲腦，我忍不住猜想那座島上會不會埋藏著什麼寶藏。

「而且他們還說那裡或許有寶藏，真是太蠢了。一個沒有人能接近的地方，誰有辦法把寶藏放在那裡？而且，既然島會移動，本人也沒辦法去拿了吧。連這種事都不懂的笨蛋才會靠近那座島。」

對不起，我也覺得島上可能有寶藏。

「所以，那裡沒有寶藏嗎？」

聽到克羅爺爺說的話，修莉一臉失望。

「因為沒有人能登上那座島，所以沒辦法放寶藏啊。」

克羅爺爺這麼回答，修莉就更失望了。她真的那麼想要寶藏嗎？

我也很想要。

「話說回來，小姑娘妳們沒有去搭船嗎？」

克羅爺爺這麼詢問抱著熊緩和熊急的菲娜與修莉。

「我們上次來的時候有搭過達蒙先生的船，所以這次就不搭了。」

「啊，那個時候啊。不過，當時的天氣還有點冷吧。現在搭船的感覺跟那時候有不同的樂趣喔。」

「是嗎？」

「真的嗎？」

修莉和菲娜很感興趣。

「是啊，不一樣喔。根據季節的不同，大海每次都會呈現不同的風景。有時候光是差了一天，景色也會改變。大海是個不可思議的地方。現在氣候溫暖，很舒服喔。」

我搭船的經驗不多，但能明白克羅爺爺想表達的意思。不只是季節的變化，從天上照射下來的陽光也不同。風的力道也是，有些風讓人很舒適，有些風帶著冷冽的氣息。

有時會有強風大浪，有時則風平浪靜。而且，不同的時間也能看到不同的風景。清晨出海可以看到日出，黃昏出海可以看到日落。這些時候的大海都跟日正當中的風景不同。

聽完克羅爺爺說的話，姊妹倆都變得很想搭船了。

「要不要我等一下去拜託達蒙先生？」

「真的可以嗎？」

「可以嗎？」

聽到我說的話，姊妹倆都露出高興的表情。她們果然還是很想搭船。我因為她們倆很乖就帶

著她們到處拜訪熟人，對她們好像太殘忍了。

「我會問問看，如果不行就沒辦法了。」

如果我擅自答應，結果又讓她們白高興一場，那也很可憐。

「既然如此，妳們就搭我的船吧。」

「克羅爺爺？」

感到驚訝的人不是我，而是傑雷莫先生。

「有什麼關係？不過是載人出海罷了。而且如果讓達蒙那傢伙載她們出海，其他人可能會抱怨。」

「我們可以搭爺爺的船嗎？」

「嗯，當然可以。爺爺的開船技術最好了。」

「好厲害！」

「我可不會輸給年輕人啊。」

克羅爺爺抬頭挺胸，充滿自信地說道。

於是我們決定接受克羅爺爺的好意。

382 熊熊來到港口（第三天）

「優奈姊姊，午餐要怎麼辦？」

修莉摸著肚子，這麼問道。我的確開始有點餓了。雖然熊熊箱裡裝著很多食物，但難得來到海邊，我想吃只有這裡吃得到的東西。

我正在煩惱要吃什麼的時候，在一旁聽著的克羅爺爺提議了。

「既然如此，妳們可以去港口吃飯。現在這個時候，妳帶來的那些孩子應該也在吃飯了。」

據克羅爺爺所說，漁夫們會用今天早上捕獲的魚來準備午餐。看來他們連搭船之後的餐點都準備好了。

我的內心充滿感激。

來到港口附近，馬上就有一股香味飄了過來。我的肚子發出微微發出「咕嚕～」的聲音。

我望向走在身邊的菲娜。

「我也肚子餓了。」

她好像有聽到我肚子叫的聲音。

嗚～好丟臉喔。

既然這套熊熊裝備的防禦力很強，真希望它也能阻絕肚子的聲音。身為一名少女，這是必備的功能。

我們被香味吸引到港口，看到漁夫們就跟昨天一樣，正在燒烤魚類和貝類，或是烹煮加了貝類與海帶的味噌湯。

看起來真好吃。我很想來一碗白飯。

克羅爺爺走向漁夫們，幫我們商量用餐的事。漁夫們看了我一眼，馬上露齒一笑，說道：

「當然好了，盡量吃吧。」

於是我們順利解決了吃的問題。

我在盤子裡裝了烤魚和貝類等海鮮，正要開動的時候，堤露米娜小姐來了。

「媽媽！」

修莉抱住堤露米娜小姐，堤露米娜小姐便撫摸修莉的頭。

「優奈，妳的事情辦完了嗎？」

「雖然只是簡單打招呼，但我已經拜訪過所有人了。然後，我們說好要搭克羅爺爺的船。堤露米娜小姐，你們是來吃飯的嗎？」

「對呀，漁夫不只是載我們出海，還替我們準備了午餐呢。人家服務得這麼周到，我都開始覺得不好意思了。」

堤露米娜小姐露出傷腦筋的表情。

我也同意堤露米娜小姐的說法。我們明明沒有付錢，漁夫們卻載著孩子們出海，甚至準備了餐點。接受無償的款待很令人過意不去。

「我說優奈，妳到底在這座城鎮做了什麼？我是知道妳發現了隧道，但除此之外還有別的吧？」

堤露米娜小姐帶著懷疑的語氣問道。

「沒什麼啦。」

「真的嗎？」

堤露米娜小姐把臉湊到我的面前，瞇著眼睛注視我的雙眼。她的眼神顯然是在懷疑我。我知道別開目光就輸了，但還是承受不了壓力，轉頭望向別的地方。

「順便問問，我的女兒們知道嗎？」

堤露米娜小姐看著自己的兩個女兒。

「優奈姊姊做的事嗎？那是祕密。」

「祕密。」

哦哦，菲娜和修莉都違抗堤露米娜小姐，站在我這一邊了。真是令人感動的瞬間。可是，這該不會是叛逆期的前兆吧？

「哎呀，妳們連對媽媽都不肯說嗎？」

堤露米娜小姐半開玩笑地抱住兩個女兒，開始搔癢。

「媽、媽媽，別這樣！好癢喔！」

「媽媽，好癢喔～」

「快說，妳們不說，我就繼續搔癢喔。」

感情融洽的家人正在互相嬉鬧。這是堤露米娜小姐生病時辦不到的事。看著她們就讓我感到溫馨。就跟我一樣，根茲先生也面帶微笑望著她們。雖然根茲先生也是家庭的一分子，但如果他加入那個小圈圈，恐怕會有點犯罪的味道。

「優、優奈姊姊，救、救救我……」

「優奈、姊姊……」

我面帶微笑看著她們，菲娜和修莉就笑著伸出小小的手，向我求助。堤露米娜小姐就是不放過她們。雖然她們看起來只是在玩，但我是不是該出手幫忙呢？

「當時有魔物襲擊城鎮，我只是打倒了魔物而已。」

「是嗎？」

我並沒有說謊，只是隱瞞了克拉肯的事。

「所以鎮民有點感謝我。」

我這麼說明，堤露米娜小姐便放開了菲娜和修莉。笑得喘不過氣的菲娜和修莉彎下腰，大口大口地深呼吸。

「媽媽好壞喔。」

「誰叫妳們有事瞞著媽媽。不過，既然是優奈，應該打倒了什麼不得了的魔物吧，我就不問了。」

堤露米娜小姐沒有追問我避而不談的事。就算我說了實話，她也不一定會相信就是了。

「不過，這下我總算懂了。難怪街上有人把熊造型的擺飾和小飾品當作護身符在賣。其他地方根本不會賣這種東西。我從來沒聽說有人會信仰熊的。」

「…………」

堤露米娜小姐剛才說了什麼？

應該是我聽錯了吧，一定是我聽錯了。回家之後，我可得好好掏一下耳朵。

我家裡有掏耳棒嗎？

「妳看，我也買了。」

堤露米娜小姐從口袋裡拿出一隻小熊。

我的眼睛該不會是壞掉了吧？我揉揉眼睛，重看了一次。堤露米娜小姐的手心上有一隻小小的熊。好像不是我看錯了。

熊上面綁著繩子，就像鑰匙圈一樣，可以掛在包包等東西上。

「是熊熊耶～我也想要！」

修莉從堤露米娜小姐手裡搶走了熊熊鑰匙圈。
「呃，有人在賣這種東西？」
據堤露米娜小姐所說，她好像是在賣小飾品的地方找到的。店家說這是護身符，功效是可以保佑出海平安。
聽到這裡，我的大腦停止運作。
我什麼都不想思考了。
「小姑娘，抱歉。」
聽到克羅爺爺的聲音，我的大腦又重新開始運作。克羅爺爺似乎也聽到我們剛才的對話了。
「那種熊就像是漁夫們的護身符。」
堤露米娜小姐也說這是護身符。
「現在仍有些人會對大海感到恐懼與不安。不過，帶著那種熊的護身符，似乎能讓他們平靜下來。因為如此，鎮民漸漸開始傳說，只要帶著熊的護身符出海，就能平安捕魚。」
護身符是代表神的庇佑吧？是向神祈求安全的東西吧？既然做成熊的造型，那不就代表了我嗎？我又不是神。
不過，既然對我照顧有加的克羅爺爺都道歉了，我也不好意思抱怨。聽說漁夫帶著這種熊的護身符就能安心出海，我也不忍心制止他們。如果我制止他們，他們或許就不敢出海捕魚了。內心的創傷很難治癒，這一點我也明白。

「呃，請不要拿去其他的城鎮賣喔。」

我頂多只能這麼拜託。

「我們知道。」

我真心希望這些東西不會傳出去。不過，如果是來自其他城鎮的人，應該只會對這種熊熊護身符嗤之以鼻，不會想買吧。

我望著提露米娜小姐、修莉和菲娜開心地拿著熊熊護身符的樣子。

……應該不會有人買吧？

後來，我們正在享用漁夫們做的料理時，手上端著料理的諾雅走了過來。

「優奈小姐！」

她的嘴裡塞了滿滿的食物。諾雅可是貴族千金，怎麼能邊吃東西邊說話呢？我用熊熊玩偶手套按住諾雅的鼓鼓臉頰。

「怎、怎麼了嗎？」

「雖然妳吃得津津有味，但好像有點缺乏千金小姐該有的氣質。」

「這裡是大家一起吃飯的地方，跟是不是貴族沒有關係。」

是沒錯啦。但第一次見面的時候，我覺得她好像更有貴族千金的風範。該不會是認識了我才改變的吧？

早在認識我之前，她應該就是這種性格了。我決定這麼想。

相較之下，米莎與希雅的舉止就優雅多了。她們沒有邊走邊吃，而是乖乖坐在椅子上用餐。

「對了，優奈小姐，我等一下要去學釣魚喔。這是我第一次釣魚，所以很期待。我一定會釣到大魚給妳看的。」

聽說去搭船的孩子們想嘗試釣魚，所以他們預計下午去體驗釣魚。

話說回來，諾雅似乎在海邊玩得相當盡興。或許是因為克里夫和菈菈小姐不在身邊吧。

「優奈小姐也是想釣魚才來的嗎？」

「我是因為菲娜和修莉說想搭船，所以才陪她們來的。」

「既然這樣，菲娜和修莉要不要也一起釣魚呢？」

諾雅詢問在稍遠處吃著料理的菲娜和修莉。

「釣魚嗎？」

「可以親手把魚釣起來喔。」

「可以把魚釣起來嗎？」

修莉似乎對釣魚有興趣。

「要不要來比賽誰釣的魚比較大？姊姊大人和米莎也要參賽喔。」

受邀的菲娜和修莉開始猶豫。

雖然她們對釣魚也有興趣，但又跟克羅爺爺約好要搭他的船了。她們不知所措地看著我。

「妳們自由決定吧。如果妳們不搭船，我可以自己去搭克羅爺爺的船。」

「可是……」

她們好像不好意思拒絕。

我向克羅爺爺提起這件事，他說：

「既然如此，就由我來教她們吧。哪裡可以釣到大魚，我最清楚了。」

於是，我們不只要搭克羅爺爺的船，還要請他教我們釣魚。

383 熊熊出海（第三天）

後來，我向堤露米娜小姐問了今天的行程。

「吃完飯之後，我們預計分成三組行動。」

堤露米娜小姐說，總共會分成釣魚組、回熊熊大樓休息組，還有今天也要繼續去海邊玩水的游泳組。

堤露米娜小姐也提到，好像有些孩子暈船了。

畢竟如果沒搭過船，沒人知道自己會不會暈船。

「菲娜妳們不會暈船嗎？」

「嗯，我不會。」

「我也不會。」

的確，她們倆當時都沒有暈船。

而有些孩子不想再搭船，也有些孩子想睡覺，所以莉滋小姐會帶他們回去。

順帶一提，堤露米娜小姐好像要跟根茲先生一起釣魚。

自從身體康復，她真的變得很有行動力。

不，也許她本來就是這種性格吧。

吃完午餐後，我們根據不同的目的，分頭行動。莉滋小姐牽著想睡覺的孩子，還揹著睡著的孩子。看到這一幕的基爾替她揹起孩子，帶著著孩子們回到熊熊大樓。

釣魚組包含了護衛米莎等人的瑪麗娜，莫琳小姐、卡琳小姐與涅琳好像也要參加釣魚活動。

「米莎、菲娜、修莉、姊姊大人，等一下要比賽誰釣的魚比較大喔。」

諾雅鬥志高昂地宣示。

「要比賽嗎？」

「沒錯。」

「可是，我從來沒有釣過魚。」

「我也沒有。當然了，米莎也沒釣過。」

諾雅望向希雅。

「我是有在河邊或湖邊釣過。」

「姊姊大人就跟優奈小姐比賽吧。」

「不，我就不釣了。」

我不打算釣魚，所以拒絕了。

然後，我們分別搭上各自的船。

我們按照約定，搭上克羅爺爺的船。克羅爺爺的船上有我、菲娜、修莉，以及堤露米娜小姐與根茲先生。既然要釣魚，我覺得全家一起釣比較好，所以邀請了大家。

「爸爸，你可以釣到很大的魚魚嗎？」

「我以前釣過魚，當時還釣過這麼大的魚喔。」

對於修莉的疑問，根茲先生張開雙手，形容自己釣過的魚有多大。

「哎呀，是嗎？我倒記得是羅伊有釣到，根茲老是抱怨自己釣不到魚。」

我記得羅伊是菲娜的已故父親吧。

堤露米娜小姐帶著微笑，挖苦自稱釣過大魚的根茲先生。根茲先生聽了堤露米娜小姐的話，自信便開始動搖。

「是、是後來發生的事啦。我是在你們沒看到的時候釣到的。」

根茲先生帶著游移的眼神答道。他的態度很明顯是在說謊。

「既然這樣，我很期待看到你的釣魚技術有多少進步喔。」

「……可是我已經很久沒釣魚了，搞不好有點生疏……」

這次他說了像是藉口的話。剛剛明明還對修莉誇下海口的。

可是，堤露米娜小姐沒有放過他，反而乘勝追擊。

「修莉，爸爸說他會釣很大的魚給妳看喔。」

「真的嗎？爸爸，加油。」

修莉用天真無邪的表情拜託根茲先生。根茲先生不忍心辜負修莉的笑容，只好把自己推入火坑。

「……嗯，交給我吧。爸爸一定會釣到大魚的。」

他挺起胸膛打包票。

啊，根茲先生的表情正在抽搐。乖乖承認自己是初學者不就好了嗎？這個火坑愈來愈大了。他該不會是把自己逼愈緊就愈能發揮實力的類型吧？但看起來實在不像。

堤露米娜小姐也不必這樣捉弄根茲先生吧。

可是，這次的事情都要怪根茲先生自己愛面子，我也沒辦法護航。

「優奈姊姊有釣魚的經驗嗎？」

「釣魚？我沒有耶。」

我沒有說謊，坦白回答菲娜的疑問。在這種時候虛張聲勢也沒什麼意思。我可不想重蹈根茲先生的覆轍。

再說，我這種家裡蹲本來就不可能參加釣魚之類的戶外活動。

「既然這樣，優奈姊姊也跟我一樣是第一次了。不知道我們能不能釣到大魚？」

「這個嘛，那就要試試看才知道了。」

我沒有說出會讓菲娜空歡喜的話。要是沒釣到魚，那就太可憐了。

我們搭著克羅爺爺的船出海。他的船很大。除了克羅爺爺之外，還有另一個漁夫上了船。聽說他是克羅爺爺的小兒子。也對，克羅爺爺有好幾個兒子也不奇怪。順帶一提，據說當上鎮長的人是克羅爺爺的長男。

揚起船帆，船便開始航行。跟原本的世界相比，差異只在於這裡的船使用了風魔石。我以前曾聽達蒙先生說過，靠魔石駕船的人是見習漁夫，輪流使用風與魔石的人是半吊子，可以只靠自然的風來駕船才稱得上是獨當一面的漁夫。以腳踏車來形容的話，也許魔石就像是輔助輪之類的東西吧？

船漸漸遠離港口。搭乘另一艘船的諾雅與米莎向我們揮手。菲娜與修莉也揮揮手，回應她們。

當我望向諾雅等人所搭的船，我看到了那東西，不禁揉揉眼睛。我沒有看錯，掛著船帆的船桅最上方有個像熊的東西。我忍不住揉了好幾次眼睛，反覆確認。

我也確認了自己搭乘的船。

……這裡也有。雖然很高，看不清楚，但船桅上確實有小小的熊。

該不會連克羅爺爺都用熊來當護身符吧？

菲娜等人正在看海，所以沒注意到船桅上的熊。所以，我決定裝作沒有看到。

漁船離港之後，我有些想問的事，於是走向克羅爺爺。

「請問那座突然出現的島大概在什麼位置？」

眺望海面就可以看到幾座類似小島的東西，但我不知道哪一座是會動的島。坦白說，除非是每天出海的漁夫，否則應該無法判別。

「從這裡是看不到的。」

據克羅爺爺所說，似乎要到更遠的海面上才看得到。

這也是只有漁夫知道那座島的理由。

嗯～如果能至少問出方向就好了。只要知道方向，我就能用熊緩和熊急的熊熊水上步行，前往那座島了。

「可以到附近看看嗎？」

「小姑娘，妳對那座島很有興趣嗎？」

我無法大聲回答：「有興趣！」

「這個嘛，因為我是冒險者，所以有點好奇那是什麼樣的島。」

我壓低音調，回答得好像只是有一點興趣。

「而且還發生過克拉肯的事，如果那是危險的島就糟糕了。」

「只要不靠近就不會有危險。除了突然出現以外，那座島就跟普通小島沒有兩樣。小姑娘，妳該不會是想去吧？」

「我不會去啦。而且那附近不是有漩渦，沒辦法靠近嗎？我只是覺得，如果能知道島的方位，有什麼萬一的時候就能應付了。」

我說出看似合理的理由。我不敢說自己是為了找寶藏才想去的。如果說出跟沉船的漁夫一樣的理由，克羅爺爺可能會反對，不告訴我島嶼的位置。

「算了，釣得到魚的地方也在附近，那好吧。」

克羅爺爺改變了船的航行方向。船離港口愈來愈遠了。

「其他的船變得好小喔。」

修莉看著其他的船說道。其他的船也各自航向釣魚地點，只有克羅爺爺的船往別的方向前進。

菲娜等人都不知道我們正在向那座島前進，只是單純地享受搭船的樂趣。前進一陣子以後，克羅爺爺對我說道：

「小姑娘，那座島就是了。」

我順著克羅爺爺的手指望去。距離相當遠，從現在的位置看來，那只是一座普通的小島。可是，上面有綠意，看得出來有樹木生長。

我使用熊熊地圖的技能，確認地點。一片漆黑的海圖上，只有漁船經過的地方畫著地圖。雖然地圖不完整，但只是要去島上就沒問題。神祕島嶼就位於這艘船經過的路線前方。接下來只能祈禱那座島別再移動了。

「就算是小姑娘的請求，我也不會再繼續靠近了。我可不能打破自己立下的規矩。」

我只要能知道方位就足夠了。我道謝之後，克羅爺爺便將船掉頭，航向釣魚地點。

來到釣魚地點，克羅爺爺和他的兒子便開始教菲娜等人怎麼釣魚。不只是菲娜，有釣魚經驗的根茲先生也很認真聽講。

聽完釣魚教學的大家各自開始垂釣。我觀察釣竿，發現上面有類似捲線器的東西。

那是魔石嗎？

看似捲線器的地方鑲著魔石。是不是能用魔石的力量來捲線呢？

「優奈姊姊，妳真的不釣魚嗎？」

「我會在旁邊觀摩的。」

我對釣魚沒興趣。雖然我喜歡發呆，但不喜歡拿著釣竿等待。要釣也不是不行，但如果可以選擇，我選擇不釣。

「優奈姊姊也來釣嘛。」

修莉拉著我的熊熊服裝。

「我不用了。」

「咦～～」

「那我把熊緩借給妳，妳就把牠當成我吧。」

「熊緩？」

我召喚普通尺寸的熊緩。不過是多了熊緩，船身還不至於傾斜。

「熊緩，你陪修莉一起釣魚吧。」

我這麼說，熊緩便發出「咿～」的叫聲。

「熊緩會釣魚嗎？」

「不知道耶？可是牠應該比我有用吧。」

修莉帶著熊緩，出發去釣魚。

我召喚普通尺寸的熊急，叫牠趴在地上。我躺下來，靠在牠身上。

嗯，軟綿綿的靠枕真舒服。

我拜託熊緩和熊急監視海面，以防萬一。雖然我不覺得克拉肯會出現，但或許會有危險的海洋生物攻擊我們。這麼做可以多一層保障。

我在搖搖晃晃的船上看著菲娜等人。菲娜拋出釣餌，望著海面。修莉正在跟熊緩一起釣魚。

我穿著熊熊裝備，所以很舒適，但修莉被熊緩抱著，不會熱嗎？

根茲先生說著「我一定要釣到大魚」，提露米娜小姐則面帶微笑地望著他。

我悠閒地看著他們釣魚，聆聽他們對話的聲音。靠著熊急的柔軟身體，我漸漸開始有了睡意。我打了一個稍大的呵欠，然後沉沉睡去。

「優奈姊姊、修莉，該起床了。」

我感覺到身體正在搖晃，一睜開眼睛便看見菲娜。然後，用剛睡醒的聲音呼喚「姊姊？」的聲音從我身旁傳來。我轉頭一看，發現修莉正抱著我睡覺。

「我們要回去了，起床吧。」

「姊姊，妳有釣到魚嗎？」

修莉稍微打了個呵欠，坐起身來。

為什麼修莉會跟我一起睡覺？

「我釣到大魚了喔。」

「真的嗎！」

修莉跳了起來，跑去看魚。

「菲娜，妳有釣到魚啊？」

「熊緩有幫我的忙，所以我才能釣到大魚。」

聽說修莉很快就玩膩了釣魚，在船上到處參觀，或是眺望海面。不知道從何時開始，她就睡在我的旁邊了。

菲娜和堤露米娜小姐似乎釣到了幾條魚。根茲先生的成果就別問了。

「都是多虧有熊緩，我才能釣到。熊緩幫我拉著釣竿，真的很帥呢。最後牠用嘴巴咬著釣竿，用力一拉，就釣到這麼大的魚了。」

菲娜往左右兩邊張開雙手，形容熊緩是怎麼把魚釣上來的。菲娜旁邊的熊緩用得意的神情發

出「咿～」的叫聲。

呃，熊緩在做什麼？原來熊緩還做得到那種事啊？

不管怎麼樣，我摸了摸牠的頭來誇獎牠。

384 熊熊结束釣魚（第三天）

我已經從菲娜口中聽說根茲先生沒有釣到魚的事。可是修莉不知道這件事，所以正準備開口問根茲先生。

我在心中吶喊：「不要問～！」但我的願望落空了。

「哪一條是爸爸釣到的魚？」

修莉看著裝魚的箱子，這麼問道。

「呃，這個嘛……」

根茲先生露出傷腦筋的表情。看著根茲先生，我開始替他感到難堪。這時候，堤露米娜小姐帶著微笑走到他身邊。妳該不會是要給他最後一擊吧！根茲先生的ＨＰ已經歸零了啊。他實在太可憐，我看不下去了。

「修莉，爸爸釣到的魚是這一條喔。」

「這一條？」

奇怪？堤露米娜小姐指著箱子裡的一條魚。聽到她這麼說，根茲先生也很驚訝。

「正確來說，是我和爸爸一起釣到的。雖然我的釣竿有大魚上鉤，但我一個人拉不起來，是

爸爸幫我的。他當時真的很帥喔。」

「堤露米娜……」

「爸爸好厲害！」

修莉高興地抱住根茲先生。根茲先生撫摸修莉的頭，然後看著堤露米娜小姐，她便對根茲先生回以微笑。

「她真是個體貼的媽媽。」

「對呀！」

看到這一幕的菲娜高興地點點頭。

看來根茲先生似乎保住身為父親的顏面了。

克羅爺爺也帶著微笑望著一家人的溫馨模樣。

如果是自己遇到這種事，感覺真有點害臊。

我們回到港口的時候，其他漁船都已經抵達了。

我們的船一靠港，諾雅便等不及似的跑了過來。

「菲娜、修莉，妳們有釣到魚嗎？我釣到了很大的魚喔。請讓我看看妳們釣的魚。」

諾雅似乎釣到了大魚，所以想要快點拿給我們看。

「呃，這就是我釣到的魚裡面最大的一條。」

菲娜秀出她跟熊緩一起釣到的大魚。這個瞬間，諾雅的臉色變了。

「嗚嗚，好大喔。修莉的魚是哪一條呢？」

「那個，因為我都在睡覺，所以沒有釣到。」

修莉說起自己跟我和熊急一起睡覺的事。

「嗚嗚，這也讓我有種輸了的感覺。」

諾雅更沮喪了。

比賽的結果是菲娜和熊緩釣到的魚最大，其次是諾雅，然後是米莎、希雅，最後一名是睡午覺的修莉。

「竟然找熊緩幫忙，太奸詐了。修莉還可以跟優奈小姐和熊急一起睡覺，我好羨慕。」

沒拿到第一名的諾雅鼓著臉頰表示羨慕，希雅就插嘴說道：

「諾雅也是在瑪麗娜的幫忙之下釣到的，沒有資格說菲娜吧。」

「那是因為……那條魚太大了，一個人拉不起來嘛，我也沒辦法。」

「那就跟菲娜一樣嘍。」

「嗚嗚……好吧。」

在姊姊希雅的勸導之下，諾雅只好停止抱怨。畢竟她們都是第一次釣魚，這也沒辦法。如果是小魚就算了，一個人應該沒辦法把大魚拉起來吧。就算有借助他人的力量，我還是覺得釣得到魚是很厲害的事。

哪像我，連一條魚都沒釣過。

「這次我認輸。優奈小姐，下次請把熊緩借給我吧。到時候我一定會釣到更大的魚。」

呃，那樣不算是熊緩釣到的嗎？

既然要比賽釣魚，我覺得應該要靠自己的力量釣到。

「為求公平，我會在搭同一艘船的時候借給妳們。」

「說定了喔。」

然後，我們正在看米莎和希雅釣到的魚時，其他的孩子也來展示他們的釣魚成果了。

「優奈姊姊，我有釣到大魚喔。」

「章魚真的好噁心喔。」

「雖然很小，可是我釣到很多喔。」

「優奈姊姊，妳看。」

「優奈姊姊，我釣的魚給妳吃。」

「我的也給妳。」

「也吃吃看我的嘛。」

大家好像都想把自己釣的魚送給我吃。雖然大家的心意讓我很高興，但我一個人吃不了這麼多。

「呃，謝謝大家。我今天晚上會拜託安絲做菜，所以也分給院長和莉滋小姐吃吧。」

我這麼說，孩子們便乖乖點頭。要是一個人吃掉所有人釣的魚，我就要從熊變成豬了。而且就算我是個前家裡蹲，好歹也是十五歲的少女。我也是有羞恥心的。我的上手臂現在就已經軟趴趴了，可得好好控制飲食才行。

順帶一提，米莎和其他孩子們好像也是借助漁夫的力量才釣到魚的。希雅是一個人釣到的，所以要論勝負的話，希雅或許才是釣魚比賽的贏家。

漁夫們似乎願意把大家釣到的魚送到熊熊大樓，所以我們便請他們代勞。這次真的受他們不少照顧。

我們向開船的克羅爺爺道謝，回到熊熊大樓。

回到熊熊大樓之後，孩子們跑去向已經回來的院長報告今天發生的事。我能聽到他們說著自己釣了什麼魚、抓到噁心的章魚之類的趣事。院長、莉滋小姐與妮芙小姐都用笑容聽著孩子們說話。

看到孩子們自然而然地聚集到妮芙小姐身邊，我就知道她跟孩子們的感情很好。

我原本很擔心來到密利拉會讓她觸景傷情，但看到她的笑容，我就放心了。

我曾拜託安絲委婉地關心她的身心狀況，看來應該沒問題。

過了一陣子，去海邊玩的游泳組也回來了。

他們一回來，馬上就跟釣魚組的孩子們一樣，跑到院長身邊。院長真的很受歡迎。每個孩子

都很開心地跟她談天說地。

「呵呵，今天玩得好開心。」

我們在晚餐前泡澡，消除今天一天的疲勞時，跟我們一起泡澡的諾雅便笑咪咪地低聲說道。

「妳好像玩得很盡興呢。」

「是呀，我好久沒玩得這麼開心了。」

「米莎和希雅呢？」

「我也是，幸好諾雅姊姊大人有邀請我。如果我後來才知道這件事，可能會覺得很失望吧。」

「對呀，我也很慶幸自己有從王都趕過來。只不過，我回去之後可能還要聽母親大人抱怨。」

話說回來，她好像丟下了艾蕾羅拉小姐吧？不過，艾蕾羅拉小姐還要工作，所以也沒辦法。

這就是學生和社會人士的差別。

「對了，優奈小姐，妳知道嗎？」

「知道什麼？」

「我聽漁夫說，原本什麼都沒有的海上突然出現了一座島呢。」

看來諾雅也聽說了那座會動的島。

「這件事我已經聽說了。」

「竟然有島會突然出現，真神奇。」

「聽說那座島還會移動呢。」

「島是會移動的東西嗎？」

聽到諾雅說的話，米莎這麼問道。

「那也有可能是浮島，所以應該會順著海流移動吧？」

我並沒有實際見過，只是知道有類似的島嶼存在。

「我真想看看會移動的島。可是，我有拜託漁夫帶我們去看那座島，卻被拒絕了。」

我前往釣魚地點之前，已經請克羅爺爺載我去看過了。

「據說島的周圍有漩渦，靠近會很危險，所以也沒辦法。好像還有船因此沉沒呢。」

我照實轉達克羅爺爺告訴我的事。

「是，當時漁夫也有說過同樣的話。我總不能拜託人家做危險的事，真是可惜。」

雖然我也沒有實際到附近確認，但漩渦確實很危險。萬一船沉了，很有可能會死。

出於好奇心而靠近是很危險的。

「不過，我還是很想去那種不可思議的島上看看。」

連在一旁聽著的希雅都這麼說。

我打算前往，所以有請克羅爺爺帶我去島嶼附近。

可是，如果我那麼說，諾雅她們肯定會說「我也想去」。

所以我沒有說「我要去」。

最重要的是，我不能帶希雅等人去一座不知道有什麼危險的島嶼。

「妳們再怎麼想去，也不可以硬要漁夫載妳們去喔。諾雅和希雅都是克里莫尼亞的領主千金，影響力還是很大的。」

「我知道啦。要是做出那種事，會被父親大人罵的，所以我才不會那樣呢。」

諾雅鼓起臉頰反駁我。

「對呀，而且我不只會被父親大人罵，還會被母親大人罵呢。」

「我也會被爺爺大人跟父親大人罵。」

「要是可以騎著熊緩和熊急去就好了。」

諾雅從背後摸著小熊化的熊緩。正悠閒地泡澡的熊緩不介意她的撫摸，露出舒服的神情。

洗完澡之後，諾雅用吹風機吹乾熊緩和熊急，還替牠們梳毛。

「牠們變得好蓬鬆喔。」

諾雅高興地抱住蓬鬆的熊緩和熊急。

真是和平。

洗完澡後，我們吃了晚餐。

今天的晚餐使用了孩子們出海釣到的魚和章魚等食材，桌上擺滿了各種海鮮料理。

真不愧是職業廚師，安絲做的每一道菜都很美味。

而且，每一張餐桌的孩子們都開心地聊著今天發生的趣事。

大家都玩得很開心，我真的很慶幸能帶他們來。

385 熊熊打造滑水道（第四天）

隔天，吃完早餐之後，孩子們紛紛回房間換泳衣。

莉滋小姐與妮芙小姐也跟了上去。

「諾雅，妳們打算去哪裡？」

「我打算去鎮上逛逛。因為父親大人叫我別只顧著玩，也要去鎮上參觀。」

「既然這樣，希雅和米莎也是嗎？」

「嗯，父親大人也叫我要好好參觀，所以我要跟諾雅一起去。」

「是，爺爺大人也有交代我要去看看。」

貴族還真辛苦。

「可是我們下午就會回來了，所以優奈小姐，到時候再一起玩吧。」

諾雅等人走出熊熊大樓。

身為護衛的瑪麗娜與艾兒也跟了上去。

堤露米娜小姐和根茲先生今天也要兩個人一起出門。

幸好他們倆似乎也玩得很開心。如果這次的出遊能代替蜜月旅行，那就太好了。

其實他們也有邀請菲娜和修莉，但菲娜體貼他們，讓他們夫妻倆獨處。而且今天我有事想拜託菲娜和修莉，所以請她們今天也跟我一起走。

「優奈姊姊，我們也快點去海邊嘛。」

修莉拉著我的熊熊服裝。

「好啦，等我換好衣服就去海邊。」

「嗯！」

於是，我來到自己的房間。

穿過一次之後，第二次或第三次都一樣。熊熊布偶裝也是，穿久就習慣了。比起第一次，第二次穿泳衣的抗拒感比較小。

……我原本是這麼想的。可是，第一天的時候，雪莉看到我穿泳衣的樣子就說：「穿起來很適合呢。我也想看看優奈姊姊穿其他泳衣的樣子。」

那個瞬間，我的大腦當然停止運作了。聽說人在吃驚的時候會說不出話來，搞不好是真的。當時的我只發出一聲「咦」，除此之外根本無話可說。

昨天因為拜訪鎮民而逃過一劫，但今天可逃不了。

換句話說，我這次必須穿上不同於上次的泳衣。而且，從雪莉的語氣聽來，她似乎希望我每天去海邊的時候都穿不同的泳衣。

唯一的救贖是泳衣的款式很多，我還有得選。

我把泳衣排列在床上。我挑選泳衣的標準是不想穿哪一款泳衣。既然如此，能穿的泳衣自然會減少。經過一番刪減，只剩下一款黑白色調的連身裙。

而且，這套泳衣的暴露程度比菲娜第一天挑選的比基尼來得低。

這樣一來就能遮住肚子，沒問題。

為了避免招致誤會，我要先說，我只是肌肉量少，可不是有小腹喔。

可是，觸摸軟趴趴的上手臂，我就覺得自己好像應該來鍛鍊一下身體。我以前曾數度挑戰健身，卻從來沒有堅持下去。

如果能穿著熊熊裝備健身就好了。但那是不可能的事，於是我輕輕嘆了一口氣。

換上連身裙泳衣的我一如往常地戴上手腳的熊熊裝備，走出房間便看到換好泳衣的菲娜與修莉。

菲娜穿著帶有荷葉邊的可愛泳衣，修莉則戴著熊熊泳帽。從這個角度看不到，但修莉的泳衣屁股處應該縫著尾巴。

「優奈姊姊，妳穿的泳衣跟上次不一樣耶。」

「真的耶。」

兩人看著我的泳衣。

「因為雪莉說她想看我穿其他泳衣的樣子。」

「呵呵，優奈姊姊真體貼。」

「人家難得做給我，如果我沒有穿，她就太可憐了。」

我也不想穿不同的泳衣。可是，努力做出各種泳衣的雪莉都那麼拜託我了。我平常老是麻煩她，實在沒臉拒絕。

「可是，這件泳衣也很可愛，很適合優奈姊姊。」

「謝謝誇獎。」

我把菲娜的讚美當作客套話，帶著她們走出熊熊大樓。

我跟菲娜和修莉來到海邊，看到孩子們正在海邊開心地嬉戲。

海邊（熊熊）之家有院長和莫琳小姐正在愉快地聊天。

因為這個組合有點少見，我感到很新鮮。

「優奈姊姊，那件泳衣是！」

原本在海邊玩的雪莉跑了過來。她身上穿著胸口寫有「雪莉」的學生泳衣。

「呃，我今天選了這套來穿。」

雪莉緊盯著我不放，讓我覺得有點害臊。

「前天穿的那套泳衣很適合優奈姊姊，這套泳衣也很適合呢。菲娜和修莉應該也這麼覺得吧。」

雪莉向身旁的菲娜與修莉尋求同感。

「對呀，優奈姊姊穿起來很好看。」

「優奈姊姊好漂亮喔。」

「謝、謝謝妳們。」

我的臉或許正在抽搐吧。

她們三個人的評分標準本來就很寬鬆。雖然我很懷疑是否真的適合，但雪莉高興就好。雪莉看著我的泳衣，喃喃說著「這裡是不是該修改一下？」或是「優奈姊姊或許也適合別的顏色」之類的話。

我請雪莉替安絲等人的圍裙加上熊熊刺繡時，她還是個對自己缺乏自信的女孩，但自從去裁縫店工作以後，她好像就漸漸改變了。雖然我覺得這是好事，但也有點懷念以前的雪莉。

看過泳衣的雪莉似乎是滿足了，於是回到其他孩子身邊。

「那麼，優奈姊姊，妳想找我們幫忙什麼事呢？」

「我只是要請妳們兩個確認一下。」

因為我決定製作某種東西，所以我想請她們倆來當第一個測試者。

「確認？」

菲娜微微歪起頭。

我帶著菲娜和修莉，移動到距離其他孩子稍遠的沙灘。

這附近應該可以吧？

周圍沒有礙事的東西或人。

我面向海邊，在水邊做出巨大的熊。這隻熊是以雙腳站立，望著大海。當然了，熊的造型是Q版的模樣。而且，做成熊造型的理由是強度比較高。

「是熊熊耶。」

「好大喔。」

菲娜和修莉仰望巨大的熊。

我靠近熊，在熊腳後側開出一個洞，走進裡面。熊的內部是中空的。因為裡面很暗，我變出一顆光球。長得像熊頭的光球照亮了熊的體內。

照亮內部的我做出一座通往頭部的螺旋階梯。然後，我登上階梯，在熊的腹部開出另一個洞。大海出現在我面前。接著我朝海面做出溜滑梯。最後，我在溜滑梯的出發點裝上水魔石，讓魔石流出水，就完成滑水道了。

「菲娜，妳來溜溜看。」

我這麼拜託在後面的階梯上看著我做事的菲娜。話才剛說完，修莉就從菲娜旁邊探出頭了。

「優奈姊姊，這是什麼！」

「呃，這叫做滑水道，是用來溜的遊樂設施喔。」

「可以溜嗎？」

「嗯，妳可以坐在這裡，朝海邊溜下去。」

「我想玩！」

「好啊。」

雖然我是拜託菲娜，但修莉好像很想玩，於是我答應了。

「修莉，等一下！」

菲娜想制止修莉，但為時已晚，修莉馬上從溜滑梯上溜了下去。雖然菲娜大叫，但修莉一路平安地溜進了海裡。只要好好遵守遊玩規則，就不會有危險，所以其實不必那麼擔心。

修莉上岸之後，立刻用驚人的速度奔上階梯。

「優奈姊姊，我可以再玩一次嗎？」

渾身濕透的修莉用非常興奮的表情這麼問道。她的頭髮還有水正在不斷滴落。

看來修莉很喜歡滑水道。

「我也要在上面做另一條溜滑梯，稍微等一下喔。」

我登上螺旋階梯，來到熊的頭部。

我看看，嘴巴應該是在這附近吧？

跟腹部相同，我也在熊的口部開了一個洞。這裡的位置比腹部高，視野很好。我立刻以熊的嘴巴為起點，做出另一條滑水道。這裡是比較高階的路線，有些地方會轉彎，還有螺旋狀或斜坡狀的溜滑梯。當然了，為了避免小朋友中途摔出去，我也沒有忘記增設安全措施。

最後裝上水魔石就完成了。

我向菲娜搭話，菲娜和修莉便走了過來。可能是因為高，菲娜有點害怕。

「菲娜，妳過來一下。」

「我想溜！」

修莉舉起手，菲娜卻說：「我先溜溜看，確認有沒有危險。」

我已經做了防護措施，所以並不危險，但她好像還是會擔心妹妹。

「好了，妳坐在這裡。」

我抓住菲娜的肩膀，讓她坐下。

「優、優奈姊姊，請、請等一下。」

「不可以站起來喔。」

「請、請不要推我。」

菲娜很害怕，但我輕推她的背部。菲娜一邊大叫，一邊溜下滑水道。經過彎道、好幾圈的螺旋和斜坡之後，她溜進水裡。

嗯，很成功呢。

落水的菲娜站起來，對我露出生氣的表情。看來她好像正在對我推她的事情發脾氣。

「優奈姊姊，我也想溜。」

「那妳要坐好喔，絕對不能中途站起來。」

「嗯！」

我讓修莉坐在滑水道上，她不像菲娜那麼害怕，自己溜了下去。她才剛出發，菲娜就回來了。

「嗚～優奈姊姊，妳太過分了。」

「不好玩嗎？」

「雖然有點可怕，但很好玩。可是，我想先作好心理準備。」

難得都做好了，我也自己試溜了一次。我得先自己確認有沒有危險，才能讓孩子們來玩。

我把熊熊鞋子收進熊熊箱，坐上滑水道。水從我屁股下流過。然後，我一口氣往下溜。

哦哦，我左右搖晃，通過一圈又一圈的螺旋。最後有一道斜坡，然後落水。海水噴到我的臉上。

這是我第一次玩滑水道，還滿好玩的。或許可以再蓋高一點。可是，現場大多是年紀小的孩子，這次的高度就足夠了。

另外，因為熊的內部還很暗，所以我在熊的眼睛處開洞，讓外頭的光線照到裡面。

嗯，這樣就大功告成了。

386 熊熊遊玩滑水道（第四天）

當我滿意地看著熊熊滑水道時，卡琳小姐和涅琳帶著孩子們走了過來。

「優奈，這是什麼？」

卡琳小姐看著熊熊滑水道，這麼問我。

「這叫做滑水道，是用來溜的遊樂設施。」

「滑水道？」

「用看的比較快。」

「菲娜，妳去溜吧。」

「嗯。」

「我也要！」

菲娜和修莉走進熊的內部，登上階梯。然後，菲娜從熊的腹部現身，修莉從嘴巴裡出現。

菲娜坐在熊的腹部延伸出來的溜滑梯上，朝海面溜下來。嘩啦一聲，她就這麼掉進海裡。

「我也要溜了喔！」

修莉在熊的嘴巴裡大聲叫道，然後坐下來開始溜。修莉的身體左右搖晃，經過一圈又一圈的螺旋，最後溜下斜坡，跟菲娜一樣掉進海裡。

「妳做了很有趣的東西呢。」

「優奈姊姊，我也想玩玩看。」

「我也是。」

「還有我。」

孩子們看到菲娜她們玩得那麼開心，紛紛表示想玩。

反正這本來就是為了大家才做的，所以他們當然可以玩。可是，我需要有人在一旁看著孩子們。

露麗娜小姐和基爾也帶著其他孩子來了，所以我拜託他們當監督員，教導孩子們怎麼玩。像是絕對不能中途站起來、不能奔跑、要好好排隊、不要嘗試危險的溜法、要等前面的人溜玩才能出發——我說明這些注意事項。

「優奈，我們也可以一起玩吧。」

卡琳小姐和涅琳都露出閃閃發光的眼神。

「可以啊。」

「那我第一個溜，確保沒有危險。」

「卡琳表姊太奸詐了。既然這樣，我就第二個溜吧。」

「卡琳姊姊和涅琳姊姊都好賊喔。」

「喂喂喂，別吵了。滑水道又不會跑掉，要照順序來喔。如果你們不遵守規定，我就把滑水道拆掉。」

聽到我說「拆掉」，不只是卡琳小姐和涅琳，孩子們也都乖乖聽話了。

「那麼，大家一起去吧。」

「好～」

卡琳小姐和涅琳帶著孩子們，走進熊熊滑水道內部。

然後，卡琳小姐出現在熊的嘴巴裡，溜了下來。她發出「嗚哇」、「呀啊」之類的叫聲，一路溜下來，最後落入海裡。

「優奈，這個好好玩喔。」

「很高興妳喜歡。」

後來，涅琳與孩子們也發出開心的叫聲，溜了下來。

溜滑梯有兩道，所以不用排隊太久就玩得到。幼稚園大的孩子玩熊熊腹部的小型溜滑梯，年紀在小學生以上的孩子則玩比較高階的口部滑水道。

孩子們都興奮地吵吵鬧鬧。這一幕還真是和平，一點也不像是有魔物存在的世界。

在階梯上跑的孩子被基爾制止，然後慢慢走上去。

要是跌倒受傷就糟糕了。

安絲和賽諾小姐她們也來了，開始玩起滑水道。

這個時候，露麗娜小姐用傻眼的表情看著熊熊滑水道。

「真不敢相信有人會把魔法用在這種地方。我好羨慕優奈的魔力能輕易做出這種東西。」

身為魔法師的露麗娜小姐脫口說出這番感想。

我是為了去移動島嶼，才會做出熊熊滑水道來吸引大家的目光，但看到大家這麼高興，我很慶幸自己有做。

連露麗娜小姐都說「我拜託安絲來看著小朋友，自己也去玩玩看好了」，走進了熊熊滑水道。

這麼一來，所有人的注意力都放在熊熊滑水道上了。

諾雅等人也不在，我正打算找機會溜走，往移動島嶼出發時，有人從旁邊握住了我的手。我轉頭一看，發現是修莉和菲娜。

該不會是被她們察覺了吧？

「優奈姊姊也一起來玩吧。」

「呃，我不用了啦。」

去玩就不能前往神祕島嶼了。

「妳說今天要陪我們玩的。」

「對呀，優奈姊姊，我們一起玩吧。」

她們分別從左右兩側拉著我的手。

既然修莉和菲娜都這麼拜託我了，我也無法拒絕。要說我太溺愛她們也沒錯，但我並不想為了去神祕島嶼就把她們的手甩開。話雖如此，我還是無法完全割捨那座島。

所以，我對姊妹倆這麼說：

「只玩一下下喔。」

「嗯！」

「好！」

兩人高興地答道。

可是，這個約定因為別的理由，真的只實現了一下下。

沒錯，因為我沒考慮到自己的體力有多差。

我混在孩子們之中，跟菲娜和修莉一起排隊玩滑水道。

雖然是我自己做的，卻比想像中好玩。

或許是因為我沒有在童年體驗過這種樂趣吧。

菲娜和修莉不斷拜託我「再玩一次」，於是我們反覆登上階梯，從滑水道上面溜下來。

我也覺得很好玩，所以沒有拒絕。

可是，我的體力不足以登上螺旋階梯好幾次。

沒有熊熊鞋子的腳經不起這樣的操勞，馬上就累垮了。

「優奈姊姊，妳還好吧？」

修莉拉著我的手。

我已經無法再爬樓梯了。我的腳到了極限，正在抖個不停。

我面前的孩子們都很有精神地奔上階梯。

我一直覺得小孩子的體力很好。我的體力連小孩子都不如。

我決定回海邊之家休息。

菲娜和修莉好像還想再玩，所以我說「妳們去玩吧」，自己則搖搖晃晃地回到海邊之家。然後，我在海邊之家不支倒地。

「呵呵，優奈小姐，辛苦妳了。」

院長帶著微笑，對我遞出一杯冰水。我向她道謝，接過杯子。院長的身旁有玩累的小朋友正在休息。

「話說回來，優奈小姐還真厲害，竟然能輕鬆做出那麼大的東西。」

「院長才厲害呢。照顧無家可歸的孩子們可不是一件簡單的事。」

我的力量是神給的，但院長是靠自己的力量做出善行。這兩者的性質本身就不同，根本無法相比。院長就算沒有力量，也會對孩子們伸出援手。如果我沒有力量，恐怕不會對孤兒院伸出援手。自己沒有餘力就無法顧及他人。光是想到這一點，我就覺得院長很厲害。

「呵呵，沒那回事。要不是有優奈小姐，那些孩子也無法露出這麼燦爛的笑容。所以，我們

都很感謝優奈小姐。」

聽到她重新讚美我，讓我覺得有點難為情。我一口氣喝光院長給我的水，掩飾害羞的感覺。

後來，院長又重新為養鳥的工作和麵包店的工作向我道謝，也為我帶大家來旅行的事道謝。每次她向我道謝，我都很想大叫「拜託妳別再誇我了」。

我暫且擱置想去移動島嶼的衝動，跟院長與莫琳小姐聊天，或是幫忙準備午餐。

孩子們吃過午餐後，可能是玩累了，有些孩子開始睡起午覺。

看到他們這個樣子，我覺得孩子果然是孩子。

莉滋小姐和妮芙小姐好像也陪孩子們到累了，所以也跟他們一起午睡。

我看著在海邊（熊熊）之家睡覺的孩子們，這時收拾完午餐餐具的卡琳小姐和涅琳來了。

「玩了那麼久，吃飽就睡著了呢。」

「因為孩子們都玩得太瘋了嘛。」

「妳們兩個玩得開心嗎？」

「嗯，很開心喔。」

「我好久沒玩這麼久了。」

「一開始我還覺得穿成這樣玩水很害羞，可是大家都這麼穿。」

「而且四周都是女生嘛。」

「被基爾先生看到的時候還是會不好意思就是了。」

現場的成年男性只有基爾。這麼說來，基爾這個狀況簡直就像身在後宮呢。

基爾本人正跟露麗娜小姐一起陪伴還有力氣玩的孩子們。

請他們兩個人來果然是正確的決定。

「那個是叫做滑水道嗎？真的很好玩耶。」

「我溜了好幾次呢。」

「雖然結構很安全，但如果中途站起來或是胡鬧，還是會有危險的。妳們自己要守規矩，也要看著孩子們喔。」

兩人回應「好」，然後回到海邊玩水去了。

我正打算找機會前往移動島嶼的時候，一陣叫聲從海邊之家外面傳來。

「這是什麼！」

我望向聲音傳來的方向，發現諾雅等人正在看著熊熊滑水道。

「諾雅？」

「優奈小姐，那是什麼東西？」

「那叫做滑水道，是用來溜的遊樂設施。」

諾雅交互看著滑水道與我。

「為什麼要趁我不在的時候做出那種東西呢？這算是霸凌？還是惡作劇？」

「我沒有那個意思啦。我只是想給大家玩，所以才做的。」

我不能說是為了前往移動島嶼，所以才做來吸引大家的注意力。

「就算是這樣，也不必在我去鎮上參觀的時候做吧。」

「不過，妳們回來得真早，已經逛完城鎮了嗎？克里夫和葛蘭先生不是要妳們好好參觀嗎？」

「我應該說過中午會回來，所以到時候再一起玩吧？」

對喔，她們好像說過類似的話。

「米莎、姊姊大人，我們也去換泳衣，開始玩吧。」

諾雅等人走進海邊（熊熊）之家，前往更衣室換衣服。

「優奈，我們可以休息一下嗎？」

瑪麗娜與艾兒露出有些疲憊的表情。

可能是因為護衛諾雅她們，所以累了吧？

「可以啊，不過希望妳們等一下可以跟露麗娜小姐他們換班。」

「了解。」

「我們等一下就去換班。」

瑪麗娜與艾兒坐下來休息。

換好泳衣的諾雅等人走了過來。

我是不是一定要去陪她們呢？

我跟諾雅等人一起前往熊熊滑水道。

「這要怎麼玩呢？」

「如妳們所見，登上階梯之後可以看到溜滑梯，坐著溜下來就行了。」

現在正好有個女孩子溜下來。

「溜下來就好了嗎？」

「還有，不能中途站起來或是亂動喔，很危險的。當然也不可以插隊。」

「我才不會呢。那麼，米莎、姊姊大人，我們走吧。優奈小姐當然也要一起來。」

諾雅拉著我的手，米莎和希雅則跟在我們後面。

因為有很多孩子都在海邊（熊熊）之家睡午覺，所以馬上就輪到我們了。

「好高喔。」

「真的耶。」

「從這裡可以看到漂亮的風景呢。」

三人從熊的嘴巴裡眺望大海。

「那麼，誰要先玩？」

「這裡有點高，我會怕耶。」

「既然這樣，身為姊姊的我先玩吧。」

希雅在溜滑梯上坐下。

「有水流通，變得比較好溜呢。」

「姊姊大人，加油。」

「希雅姊姊大人，請小心。」

「好，我要出發了。」

希雅放開手，溜了下去。

只見她的身體左右搖晃，經過一圈又一圈的螺旋，快速轉進了最後一道斜坡，隨後便落入海裡。

落海的希雅立刻站起來，向我們揮手。

「接下來換我！」

諾雅坐上溜滑梯，一口氣溜下去，漂亮地落水，然後馬上站起來。

「米莎也來吧！」

米莎也坐上溜滑梯，往下滑，然後順利落水。

「優奈小姐，好好玩喔。」

「真的很好玩呢。」

「真希望學校的游泳池也有這個。」

大家各自發表對熊熊滑水道的感想。

然後，菲娜與修莉也加入我們，一起玩到我累倒為止。

387 熊熊被發現（第四天）

我再次癱倒在海邊（熊熊）之家。

我陪菲娜和諾雅等人一起玩，體力完全耗光了。

修莉、菲娜、諾雅和米莎，甚至是希雅都用一臉擔心的表情看著累倒的我。

「我沒事，只是有點累了。」

「優奈小姐，妳明明在護衛我的時候帥氣地打倒了黑虎和野狼，還替我戰勝了路圖姆大人，怎麼會變成這樣？」

看著累倒的我，希雅露出不解的表情。

這也難怪。希雅是親眼看過我戰鬥的少數人之一。既然她看過我跟黑虎的戰鬥，難怪會感到疑惑。

話雖如此，我也不能說「那是因為我有熊熊裝備」。

「因為那時候我有用魔力強化體能啊。」

如果沒有熊熊裝備，我就只是個無力的少女。

「是嗎？」

「所以，我本來想說玩的時候可以正常一點。」

結果卻變成這副德性。

我說要休息一陣子，叫她們五個人自己去玩。

五人面面相覷，開始猶豫不決。我說「我只是累了，沒事啦」，她們便回去玩滑水道了。

瑪麗娜和艾兒會隨行，所以我放心交給她們。

我是為了前往移動島嶼才做出熊熊滑水道的，卻沒想到會被拉著一起玩，把自己搞得這麼累。

可是，大家都去玩的現在可是好機會。

我站起身來。

人家都說危機就是轉機。

我從熊熊箱裡拿出熊熊布偶裝，換上熊熊裝備。

然後，我再拿出神聖樹茶，喝了下去。雖然不知道有沒有效，但有喝總比沒喝好。

不過，雖然只是隱隱約約，我覺得好像消除了一點疲勞。

接下來只要悄悄離開海邊之家就行了。

「優奈小姐，妳要去什麼地方嗎？」

留在海邊之家的院長這麼問道。

莫琳小姐也看著我。

「我有個想去的地方，所以要離開一下。孩子們的事就拜託妳們了。」

「好的，路上小心。」

「可是，請在晚餐之前回來喔。」

我把接下來的事交給院長和莫琳小姐，正要走出海邊之家時，發現菲娜和修莉正站在入口處。

「為、為什麼妳們兩個會在這裡？妳們不是跟大家一起去玩了嗎？」

兩人的出現讓我感到慌張。我明明看到她們走出了海邊之家，怎麼會在這裡？

「修莉說她想上廁所，所以我才帶她回來。」

修莉衝向廁所。

幸好她沒有尿褲子，但時機太不湊巧了。

「優奈姊姊，妳要去別的地方嗎？」

如果是菲娜，說實話應該沒問題。可是，要是被修莉聽到了，她應該會吵著要跟。我正陷入煩惱的時候，有聲音從別的方向傳來了。

「優奈小姐好像想一個人去別的地方喔。」

我望向聲音的源頭，看到正在冰箱前喝飲料的希雅。

「怎麼連希雅都在這裡？」

「我只是想先補充水分再去玩而已，結果剛好撞見優奈小姐換上熊熊衣服的樣子。」

……我都沒發現。我還以為她已經跟諾雅一起去海邊了。

看來希雅不只看到我換衣服，還聽到我跟院長說話的內容了。

「嗚嗚……」

「優奈姊姊，妳要去哪裡？」

這次換上完廁所的修莉發問了。

嗚嗚嗚，我不能再說謊了……

我已經換上熊熊服裝，我跟院長的對話也被聽到了。我想不到其他的藉口。

「優奈姊姊，妳不跟我們一起玩嗎？」

修莉用天真無邪的眼神望著我。這就是讓根茲先生無力招架的眼神。我無法對這種眼神說謊。我受不了良心的苛責，從修莉身上別開視線。可是，我一轉頭便看到菲娜。

「優奈姊姊，妳是不是想去那座突然出現的島？」

「妳、妳怎麼知道？」

被菲娜說中，我嚇了一跳。

「我就知道。」

我趕緊摀住嘴巴，但為時已晚。

「因為優奈姊姊對那座島很感興趣，當時還在船上向克羅爺爺詢問島的位置嘛。而且，諾雅大人提到那座島的事情時，優奈姊姊的語氣也很含糊。」

菲娜說出好幾個理由。看來她早就看穿了。可是，我的表情真的那麼明顯嗎？

我還以為自己滿擅長撲克臉的。我用左右兩邊的熊熊玩偶手套捏捏自己的臉頰肌肉。

「菲娜說得對，我確實想去那座島看看。可是，我怕大家會說想一起去，所以才想偷偷離開。因為我不知道島上有什麼東西。」

如果我說要去，諾雅應該會說「我也要去」。

「所以，我要去島上一趟，請妳們向其他人保密喔。」

我在心中補上一句「特別是諾雅」。

「妳是說在漁夫之間蔚為話題的那座島吧。優奈小姐，我也可以一起去嗎？」

「……！」

「呃，希雅？妳有聽到我剛才說的話吧？」

「因為好像很有趣嘛，任誰都會想去的。」

不愧是姊妹，連希雅都說出這種話。聽她這麼一說，修莉當然也說了「我也想去」。

我看著菲娜，向她求助。

可是，菲娜窺探我的臉色，然後說出：「我也可以一起去嗎？」

「而且，如果把修莉丟在這裡，諾雅大人應該也會發現。」

「就算修莉不說，我可能也會說出去喔。」

希雅有點壞心地這麼說。

沒有人站在我這一邊。

可是，菲娜很少會說出這種話。平常她明明都是負責阻止修莉的人。

「那個，我想跟優奈姊姊一起玩。」

聽到菲娜這句話，我就無法拒絕了。

我輕輕嘆了一口氣。

「……不可以告訴其他人喔。」

「好耶～」

「是！」

「我不會告訴別人的。」

我再次嘆氣。

用滑水道來吸引注意力的作戰計畫以失敗告終。正確來說是成功了一半——我這麼安慰自己。

「還有，妳們一定要聽我的話喔。」

我有熊緩和熊急，也有探測技能。萬一遇到危險，只要讓她們三個人騎著熊緩和熊急逃走就行了。

「可是，我不能讓妳們穿成這個樣子去，所以妳們去換衣服吧。」

我看著她們三人的泳衣。穿著泳衣可不方便在沙灘以外的地方走動。

我帶著換上便服的菲娜等人，悄悄離開海邊（熊熊）之家。

好了，問題在於要從哪裡出發。我打算騎著熊緩和熊急去，但如果從這裡出發，就會被孩子們發現。

從港口出發是最方便的，但那裡有漁夫，港口附近的沙灘也有我們以外的當地居民與遊客正在玩水。我不能在那種人潮眾多的地方騎著熊緩和熊急出發。

或許應該先離開鎮上。我帶著菲娜等人，往鎮外走去。

「咦，優奈小姐，我們不是要去港口嗎？」

看到我沒有前往港口，而是走向鎮外，希雅這麼問道。

「不是喔，因為要避人耳目。我們要走到鎮外，然後騎著熊緩和熊急去島上。」

「騎著熊緩和熊急去嗎？可是，那樣會把衣服弄濕耶。」

「那就把衣服脫掉，只留泳衣就行了吧？大家的衣服裡面不是穿著泳衣嗎？衣服只要收進道具袋就好了。」

聽到菲娜的疑問，希雅抓著自己的裙襬答道。她們的衣服裡面穿著泳衣。因為我趕時間，所以請她們把衣服直接穿在泳衣外面。

如果是騎在游泳的熊緩和熊急背上，或許會弄濕，但這次我打算用技能，從海面上跑過去。跑在海面上，衣服就不會弄濕了。只不過，我很煩惱是否要把熊緩和熊急能在海面上跑的事情告訴她們。

可是，她們三個人都知道熊緩和熊急是召喚獸，也知道牠們能變成小熊。事到如今，就算再多一個能走在水上的能力，她們應該不會大驚小怪吧？

我們走到城鎮的大門附近時，遇到了熟悉的男性守衛。

「小姑娘，妳們要去外面嗎？」

「只是去一下。」

「好吧，有妳在應該沒問題，但還是要小心喔。」

我帶著三人走出城鎮，然後召喚熊緩與熊急。

「那麼，妳們三個騎上去吧。菲娜跟希雅一起，修莉跟我一起。」

以體型來說，這個組合最適當。穿著布偶裝的我最佔位子，所以最嬌小的修莉適合跟我一起騎。

菲娜跟希雅騎著熊緩，我跟修莉騎著熊急。載著我們的熊緩和熊急開始奔跑，遠離城鎮。前進了一陣子，我們便漸漸看到我與克拉肯戰鬥的懸崖。

「熊？」

「海裡有熊熊耶。」

「真的耶，是熊熊。」

那是我為了把克拉肯關起來而做出的熊熊石像。克羅爺爺拜託我把石像留下來。三人都帶著

好奇的眼光，看著海裡的熊熊石像。

我完全忘了這裡還有這個東西。

「那些熊熊該不會是優奈小姐做的吧？」

希雅這麼問道。

既然熊＝我，也難怪她會這麼想。

不過，那確實是我做的。

就算現在否認，她也一定不相信。所以，這時候請她保密才是上策。

「嗯，是啊。不要告訴別人喔。」

要是諾雅和孩子們知道了，一定會說他們想來看。

「還有，我做出這東西的理由是祕密。」

我在她發問之前先下手為強。

正想開口詢問的希雅說「真可惜」。

然後，我們來到懸崖附近。三人仍然看著海裡的熊。可是，這附近或許很適合當出發地。眺望遠方就能看到密利拉鎮，但看不到那裡的人在做些什麼。從城鎮的距離望過來，我們應該就像芝麻粒一樣小。

「好了，我們要從這裡往那座島出發。」

「優奈姊姊，不把衣服脫掉的話，衣服會弄濕的。」

「不會啦。可是，這次的事情全部都要保密喔。熊緩、熊急，拜託你們了。」

熊緩和熊急發出「「咿～」」的叫聲，然後朝海面一跳。

「衣服！」

「…………！」

「…………？」

熊緩和熊急並沒有沉入海中，而是在海面上起跑。

388 熊熊登上神祕島嶼（第四天）

菲娜等人驚聲尖叫，但熊緩和熊急並沒有沉入海中，而是在一陣一陣的海浪上奔跑。牠們的動作不像是跳過水窪，就像真的在地面上奔跑似的。

「熊、熊急在海上跑耶！」

修莉就像第一次騎乘熊緩和熊急時一樣，高興得不得了。菲娜和希雅驚訝得連一句話都說不出來。海上沒有任何障礙物，連船也沒有。熊緩和熊急頂著藍天，在湛藍的海面上奔馳。

我不知道四周有沒有人在看，所以交代熊緩和熊急盡量遠離陸地。

「優奈姊姊！熊緩和熊急在海上跑，這是怎麼回事！」

終於回過神來的菲娜這麼問道。

「這是熊緩和熊急的能力，妳們三個都要保密喔。」

「我不會告訴別人的。可是，竟然能在海上跑，我真是不敢相信。」

「熊緩和熊急能變小的事情就讓我很驚訝了，這次的事情也讓我嚇了一跳。」

菲娜和希雅看著跑在海上的熊緩和熊急，說出這樣的感想。

「可是，既然牠們能辦到這種事，請早點說嘛。跳進海裡的瞬間，我還以為自己的心臟要停了。」

「我還以為衣服會濕掉呢。」

「可是，水花還是有可能讓衣服稍微濕掉，所以妳們要小心喔。」

雖然我這麼說，但我也不知道要怎麼小心，只是給她們一個忠告。

「不過，也難怪諾雅會想要熊緩和熊急。」

「我也想要～」

因為希雅的一句話，連修莉也出言附和了。

「熊緩和熊急是我的家人，不能給妳們喔。」

「既然如此，只要跟優奈小姐結婚，那個人就能跟熊緩和熊急在一起了呢。」

希雅露出笑容，半開玩笑地這麼說。

「只要跟優奈姊姊結婚，就可以跟熊緩和熊急在一起嗎？」

聽到希雅的玩笑話，修莉當真了。

「結婚就可以，但女生之間應該不行吧。」

我當然不能跟修莉結婚。我本來就沒有結婚的打算，也對跟男人一起生活的未來沒什麼概念。想到這裡，我覺得自己或許一輩子都無法結婚吧。也罷，反正我不覺得這有什麼問題。

「可是，我完全沒想到能體驗在水上跑的感覺。這樣我又有一件趣事可以說給母親大人聽了。」

「我說過了，不可以跟別人說喔。」

「母親大人也不行嗎？」

……我試著想像。

要是被艾蕾羅拉小姐知道，克里夫和國王就一定會知道，然後從克里夫口中傳進諾雅耳裡。我開始思考國王的路線。他可能會告訴芙蘿拉公主、堤莉亞和王妃殿下，但我不知道他會不會告訴身為兒子的王子。

總而言之，這件事傳出去就不好了。

「要是告訴艾蕾羅拉小姐，她應該會跟克里夫和國王說，所以請妳保密。」

「母親大人的確有可能說出去。要是優奈小姐討厭我就糟了，所以我會保密的。」

「菲娜和修莉也不可以跟堤露米娜小姐和根茲先生說喔。」

「好的。」

「嗯。」

兩人都乖乖答應我了。關於克拉肯的事，她們倆就算被堤露米娜小姐搔癢也沒有說出來。修莉雖然有時候會任性，基本上還是會遵守約定的好孩子。

熊緩和熊急在海上奔跑，遠離陸地。我用熊熊地圖確認神祕島嶼的位置。地圖只能看到一定的距離，雖然有點不方便，但昨天我已經請克羅爺爺開船到附近，所以知道大概的方位。我看看，既然港口在那邊，島嶼應該就是往這個方向。

我看著熊熊地圖，叫熊緩和熊急前往昨天克羅爺爺告訴我的神祕島嶼。

「啊，優奈姊姊做的熊熊在那裡耶。」

修莉指著遠方的海岸。她所指的方向有熊熊滑水道。因為那隻熊很大，所以從遠方也能清楚看見。不過，正在玩熊熊滑水道的孩子們很小，我們只能稍微看到類似人影的東西在移動。

如果只有這點程度，在那邊的人就算看到我們，應該也是差不多的感覺。

「從這裡應該看不到諾雅她們在哪裡吧？」

「諾雅姊姊？我看不到。」

「對呀，太小了，看不到。」

「距離這麼遠，果然看不到呢。」

幸好大家不像某個民族一樣，可以靠５．０的視力看到遠方。視力５．０實在讓人無法想像，不知道那樣能看清多遠的東西。

在這個世界，如果是獵人之類的職業，或許會有那麼好的視力吧？可是，既然菲娜等人看不到，那應該沒問題。

我一邊確認熊熊地圖，一邊持續前進，便漸漸開始看見目的地。我比對克羅爺爺告訴我的方向和地圖，確定就是那座島沒錯。

克羅爺爺說它有可能會在幾天內消失，幸好還在。

「那座島就是了嗎？」

「如果我聽到的情報沒錯的話。」

克羅爺爺雖然年紀大，但沒有老年癡呆，甚至比其他漁夫更可靠。他應該不可能看錯。

靠近島嶼時，我叫熊緩和熊急放慢速度。

「那麼，登上島嶼之前，我要先跟妳們確認注意事項。要是有危險就要立刻回頭，而且不能擅自行動。還有，希雅就算了，菲娜和修莉在我說可以之前，都不能從熊緩和熊急背上下來。」

「好的。」

「嗯。」

姊妹倆乖乖回應。

萬一發生危險，只要她們還騎在熊緩和熊急背上，我就能立刻讓她們逃走，或是保護她們。

「優奈小姐不會保護我嗎？」

「只是一點小威脅的話，希雅妳可以自我防衛吧。如果真的很危險，妳也要聽我的話喔。」

我當然也會保護希雅的安全，但不打算限制她的自由。

我向三人說完注意事項後，繼續靠近島嶼。

克羅爺爺說得沒錯，島嶼周圍有洶湧的漩渦，甚至還有不自然的海浪。

照這個情況看來，要開船上岸可不是簡單的事。萬一被漩渦捲入，就很難再脫離了。看到這種漩渦，竟然還有漁夫敢開船過去。連外行人也看得出來有多危險。那個人如果不是對自己的掌舵技術很有自信，就是個笨蛋。

「優奈姊姊，水正在轉圈圈耶。」

「優奈姊姊，好可怕喔。」

坐在前頭的修莉緊緊抓住熊急。

靠近一看，的確是有點恐怖。光是看著漩渦，就讓人有種快被吸進去的感覺。

「只要騎著熊急就沒事了。」

「可是，這樣就沒辦法靠近島嶼了呢。」

「這點漩渦，熊緩和熊急可以應付。問題在於登上島嶼的地點。」

雖然船無法靠近，但我們坐的可不是船，而是熊緩與熊急。牠們過去也有橫渡湍急河流經驗，漩渦只是小意思。我往右繞著島嶼前進，尋找方便上岸的地點。我找到一處懸崖較低的地方，決定從這裡登上島嶼。

「我們要通過漩渦，所以可能會有點晃，妳們要抓緊喔。」

雖然不會掉下去，但我還是這麼叮嚀大家。基本上，騎在熊緩和熊急身上就會有一股吸引力，不會讓乘客掉下去。可是，如果自己想主動跳下去，就有可能落海。

所以，不想掉下去的心態是必要的。三人各自抱緊熊緩和熊急，避免掉進海裡。

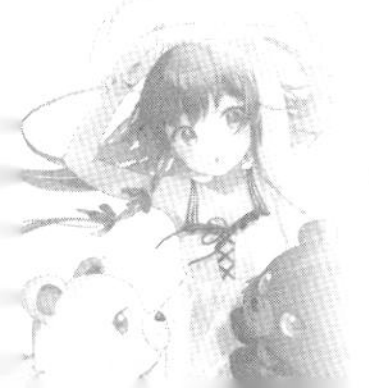

確認大家都抓好的熊緩和熊急開始奔跑，跳著越過漩渦。經過幾次跳躍，我們登上了島嶼。

「真的越過漩渦了耶。」

「熊急好厲害喔。」

我首先使用探測技能，確認周圍的環境。範圍內並沒有魔物的反應。熊緩和熊急也沒有察覺到危險的反應。可是，就算沒有魔物的危險，也可能有普通的野獸。

我從熊急背上跳下來。

「妳們兩個不可以下來喔。」

「是。」

「嗯。」

姊妹倆這麼答道。

「來到這種地方，就讓人覺得很興奮呢。」

希雅從熊緩背上跳下來之後，拿出道具袋裡的劍，掛在腰上。

我的確很興奮。探索新天地是很有趣的事。可是，這或許是因為我身邊有菲娜等人的陪伴。玩遊戲的時候也是，比起單打獨鬥，跟合得來的夥伴一起玩才更有趣。

連我這個常當獨行俠的人都這麼說了，肯定沒錯。

「優奈姊姊，這裡有寶藏嗎？」

修莉帶著閃閃發光的眼神問道。她該不會是想要寶藏才說要跟的吧？

「這個嘛，誰知道？修莉想要寶藏嗎？」

「如果找到寶藏，我要送給爸爸媽媽。」

送給堤露米娜小姐和根茲先生？她說的話出乎我的意料。

我轉頭看著菲娜。

「呃，菲娜，妳們家很缺錢嗎？」

雖然對十歲的小女孩詢問家計狀況也有點怪，但我擔心地問道。我好歹也是她的雇主。如果她的家計有問題，我得考慮替她加薪。

可是，我給堤露米娜小姐的薪水應該不算少。況且根茲先生還在冒險者公會工作，我想應該不至於缺錢才對。

難不成根茲先生有酗酒的習慣嗎？

「呃，我們家沒有缺錢。修莉，妳為什麼要送寶藏給爸爸媽媽？」

「因為爸爸媽媽說家人變多的話，就會花更多錢呀。」

「家人！」

難道堤露米娜小姐的肚子裡有小寶寶了嗎？

「菲娜，真的嗎？」

「我、我不知道。」

看來菲娜並不知情。如果堤露米娜小姐的肚子裡真的懷了小寶寶，我可得好好祝賀一下。

話說回來，原來修莉還有這個念頭啊。

「島上或許沒有寶藏，但我們可以找找看有沒有禮物能帶回去。」

「嗯！」

首先，為了確認島上的地形，我決定沿海繞行一圈。我和希雅走在最前頭，騎著熊緩的菲娜和騎著熊急的修莉則跟在後面。

這座島乍看之下已經很久沒有人類通行的痕跡了，到處都是叢生的草木。我決定在前往中心之前，稍微確認一下海岸線。

389 熊熊在島上散步（第四天）

我們走在島嶼的海岸上。海岸線的草木比想像中少，所以很好走。

「海水一直轉個不停，看著看著就好像要被吸進去了。」

希雅停下腳步，從懸崖往下望，露出緊張的表情。

「萬一掉下去，我也救不了妳，所以一定要小心喔。」

萬一掉進海中，我再厲害也很難把人救上來。熊熊裝備在海中並不是萬能的。如果能在海中自由行動，我當初就能直接跟克拉肯戰鬥了。就算是熊熊裝備，到了水裡也無能為力。

「可是，遠方很漂亮呢。」

正如菲娜所說，眺望遠方就能看到漂亮的藍色水平線。

「大海真是一望無際。」

菲娜張開雙手，深吸一口氣。修莉也模仿她的動作。

「優奈姊姊，這片大海的對面有什麼呢？」

「嗯～我也沒去過，所以不知道。很遠很遠的地方應該有陸地，上面還住著陌生的人吧。」

如果是奇幻世界，有些大陸住著強大的魔物，或是與人類不同的種族，甚至是魔族。可是，據說這片大海的對面有著盛產米飯的國度——和之國。

「真想去看看。」

「我也想去～」

「是啊，希望總有一天能去看看。」

我也希望有機會去別的大陸看看。從這裡出發的話，應該會先抵達和之國吧。

「總而言之，海邊很危險，不可以靠太近喔。」

菲娜與修莉回答：「好～」載著她們的熊緩與熊急便遠離岸邊。

我們盡量不靠近岸邊，在海岸線上走著。

我們快步走著，這時騎在熊緩背上的菲娜說話了。

「優奈姊姊，那裡有歐蓮果耶。」

我們眼前的樹上長著歐蓮果。

不管是外觀還是味道，這種果實都跟柳橙一模一樣。克里莫尼亞也有很多人在賣，所以我常買來吃。

這裡有好幾棵歐蓮果樹，而且沒有任何人來摘，所以樹上長著許多果實。

看來島上果然沒有人煙。

我輕輕一跳，摘下幾顆新鮮的歐蓮果，然後發給大家。

「看起來好好吃喔。」

「謝謝優奈姊姊。」

「優奈小姐，妳總是輕輕鬆鬆地做出很厲害的事呢。」

我們剝開果皮，吃起歐蓮果。味道好像比平常吃的歐蓮果還要美味。

「熊急，啊～」

修莉伸手把歐蓮果遞到熊急的嘴巴前，牠便彎起脖子，靈巧地吃了起來。看到妹妹這麼做，菲娜也有樣學樣，開始餵熊緩吃歐蓮果。

我們又走了一陣子，發現長了蘋果的樹。

修莉似乎很想吃，所以我也跟剛才一樣，摘了蘋果給大家。

這座島該不會是水果的寶庫吧？

「因為沒有人來摘，水果都可以吃到飽呢。」

希雅津津有味地吃著水果。

因為沒有人來到這座島上，所以水果確實都乏人問津。

這也難怪，既然島嶼周圍有漩渦，那就很難登陸了，這麼高的風險不值得為了摘水果而來。

「而且這個地方很漂亮呢。」

希雅說得對，遠方的視野很好，非常漂亮。只不過，往懸崖下一望就能看到洶湧的漩渦，令人畏懼。就算將這裡形容為天堂與地獄的交界處也不為過。

我最擔心的是菲娜和修莉會不會掉下去，但她們倆都很聽話地騎在熊緩和熊急背上，所以不必擔心。

我望向修莉，發現她正將我剛才摘給她的兩個蘋果之一拿給熊急，自己則用小小的手拿著另一顆蘋果，津津有味地吃著。

「熊急，很好吃吧。」

「咿～」

菲娜也同樣餵熊緩吃了水果。

既然這裡長著這麼多水果，或許可以放一扇熊熊傳送門，想吃的時候就來摘。

我邊走邊想著這種事，菲娜便發現了某種東西。

「優奈姊姊，那裡有形狀很奇怪的綠色水果耶。那個也可以吃嗎？」

我沿著菲娜所指的方向望過去，發現了香蕉。我沒想到這裡竟然連香蕉都有。可是香蕉還是綠色的，似乎無法馬上摘來吃。

「那是一種叫做香蕉的食物。」

「好吃嗎？」

「雖然好吃，但應該還沒有熟喔。」

「是喔。」

修莉露出遺憾的表情。

不過，我也很想吃，所以下次再來摘好了。

考慮到這一點，我覺得還是有必要設置熊熊傳送門。

話說回來，我覺得很奇怪。

我重新觀察生長在周圍的植物。

這座島果然有很多奇怪的地方。

「優奈小姐，妳不覺得這座島有點奇怪嗎？」

「希雅，妳也這麼想？」

這裡生長著地區與季節各不相同的果樹與植物。那個應該是椰子樹吧。這座小島彷彿囊括了世界各地的植物。如果這座島會環遊世界，就可能有鳥類把種子運送過來。

可是，能不能長大又是另一回事了。

「我也只有在學校的圖鑑上看過，所以不敢說得很肯定，但這裡生長著不同地區的植物呢。」

「就是啊。」

我點頭贊同希雅所說的話。

一開始我還很高興能找到歐蓮果與蘋果，但同樣的島上竟然還有香蕉與椰子，實在太離奇了。就算是曾去過許多地方的移動島嶼，也不可能孕育生長環境不同的植物。

我們是不是來到一座奇怪的島嶼了？

我再度使用探測技能，卻沒有確認到魔物的反應。如果是我杞人憂天就好了。

「這裡真的那麼奇怪嗎？」

不明白哪裡奇怪的菲娜這麼問道

「這個嘛，那種樹跟蘋果樹一起出現，是一件很奇怪的事。」

我指著長出香蕉的樹。

「因為氣溫和降雨量之類的因素，每個地區生長的植物都不一樣。」

「降雨量？」

「就是下雨的量。有些地區很少下雨，有些地區會下很多雨。所以，有些植物只會生長在特定的地方。」

「原來是這樣，我都不知道。」

畢竟菲娜和修莉沒有去上學，有些植物是第一次見到，所以她們不知道也很正常。

「我也是在學校學到的，妳們不用覺得丟臉喔。」

希雅這麼安慰道。

我們沿路確認周圍，繞島大約半圈之後，來到一個空曠的地方。我到目前為止都沒有發現魔物的反應。這座島上似乎沒有魔物，我們也沒有遇到野獸。

也許我真的找到一座不錯的島了。

當我這麼想的時候，騎著熊緩的菲娜有了新發現。

「優奈姊姊，那是什麼？」

菲娜所指的方向有個大得不太自然的石頭。載著菲娜的熊緩靠近那個大石頭。

「優奈姊姊，這個石頭上有字耶。」

聽到菲娜這麼說，我們趕緊跑過去。

「這是石碑嗎？」

比我還要高的石碑上刻著文字。

我一時以為這是某人的墓，但似乎不是。這塊石碑可能已經放在這裡很久了，上面帶著一點塵土。我使用水魔法，把石碑上的塵土沖掉。

我看看，上面寫了些什麼？

『敬告來到這座島嶼之人：我衷心祈求來者並無惡意。若有人偶然來到這座島嶼，請在島嶼開始移動之前盡速離去。』

「別說是離開了，普通人根本就沒辦法登上這座島吧。」

正如希雅所說，島嶼周圍有漩渦，要登島並不容易。離開這座島也同樣不容易。

另外，我很在意「祈求來者並無惡意」這句話，而且做出這塊石碑的人也知道這座島會移動。

「……庫琉那・霍克！」

我正要繼續讀的時候，希雅看到刻在最下方的文字，非常驚訝。

「妳怎麼了？」

「這裡有庫琉那・霍克的名字。」

希雅指著署名的地方。

「誰啊？」

「優奈小姐，妳不知道嗎？」

嗯，來自異世界的我當然不知道了。該不會是什麼家喻戶曉的超級名人吧？我轉頭看著菲娜和修莉。

「我不知道。」

「不知道。」

太好了，除了我之外還有兩個人不知道。

看來這個人似乎不是那麼有名。從希雅的口氣聽來，我還以為是人人都知道的名字。如果對方是超級有名的人，我可能會遭到懷疑。

「咦～～妳們三個人都不知道？是庫琉那・霍克，庫琉那・霍克耶。」

就算妳重複好幾次同樣的名字，不知道就是不知道。不管是歷史人物，還是現在仍活著的名人，來到異世界只有幾個月的我，腦中並沒有登錄那個人的名字。

「所以，妳說的那個什麼什麼霍克，到底是誰？」

「是庫琉那・霍克啦。他是A級冒險者，也是有名的冒險家。」

希雅加重語氣，但我們還是不知道。

「抱歉，我不知道。」

「是，我也不知道。」

「不知道。」

聽到我們三個這麼說，希雅很洩氣。

「我還以為只要是冒險者，大家應該都知道。」

「所以，庫琉那・霍克到底是誰？」

「有些冒險者會以他為目標，學校的課本裡也有他的名字喔。」

「明明是冒險者？」

「真要說的話，他是以冒險家的事蹟聞名的。他會前往危險的地區，或是任何人都沒去過的地方。他曾發現未知的植物，打倒未知的魔物，是個非常厲害的人喔。因為庫琉那・霍克的貢獻，人們才能發現許多新的事實。」

希雅很興奮地說明道。

原來庫琉那・霍克是那麼厲害的人啊。

「這麼說來，這塊石碑是那個名叫庫琉那・霍克的冒險家做的嗎？」

我重新望向石碑。

「除非有人冒用庫琉那．霍克的名字，否則應該沒錯。」

「的確，在這種沒人能來的島上冒用名字也沒有意義，所以很有可能是本人吧。」

我決定繼續閱讀石碑上的文字。

『然而，島嶼周圍有湍急的漩渦，恐怕難以離開。若遇到湍急的漩渦而困在島上，請從這塊石碑沿著左側前進，便可以找到同樣的石碑。該石碑附近有一段漩渦靜止的時間。時間雖然短暫，但也足以離開島嶼。石碑中藏有道具袋，裡頭裝有小船。只要等待時機，便能順利脫困。』

石碑上寫著離開島嶼的方法。

文章的最後刻著庫琉那．霍克的名字。

「還告訴我們脫困的方法，真是個善良的人。」

「優奈姊姊，後面還寫了些什麼耶。」

菲娜看著石碑的背面。

於是我也繞到後面。

『若有了解此地之人造訪，我相信其內心抱有善意。請觸碰石碑並灌注魔力。若為適當人選，石碑將指引方向。』

「上面說的指引方向是什麼意思呢？」

希雅仔細觀察石碑，並伸手觸碰。

「妳在做什麼？」

「咦，因為上面寫說要觸碰石碑並灌注魔力嘛。」

所以她才會觸碰石碑，試圖灌注魔力吧。

「可是，什麼反應也沒有。看來我並不是適當的人選。」

「應該是因為希雅抱著惡意吧？妳看，上面寫說要抱有善意才行。」

「優奈小姐，妳太過分了。」

希雅鼓起臉頰。她這種反應，跟諾雅一模一樣呢。

「開玩笑的啦。上面說的適當人選，應該是指魔力的強度吧？我想應該是妳灌注的魔力不夠。」

這也是遊戲裡常出現的設定。例如要有一定以上的魔力值才能打開特定的門，或是要有一定以上的力量值才能使用特定的劍。

「我來試試看吧。」

我代替希雅觸碰石碑，灌注魔力。於是石碑發出光芒。

「好刺眼喔。」

「嗚嗚，好刺眼喔～」

「好刺眼。」

所有人閉上眼睛，我也用熊熊玩偶手套遮住眼睛。過了一陣子，光芒漸漸消失。我睜開眼睛

一看，發現有一本書從石碑中出現，然後緩緩飄向我，落在熊熊玩偶手套上面。

石碑中有書出現？

「優奈小姐，妳還好嗎？而且那本書是什麼？」

「是從這個石碑中出現的。」

真不愧是異世界，偶爾會發生意想不到的事，讓我很驚訝。

「優奈小姐，那該不會是庫琉那‧霍克之書吧！」

「什麼東西？」

「就是寫著庫琉那‧霍克的冒險事蹟的書，也是很值得信任的文獻喔。」

這好像是遊戲中可能出現的稀有書籍。

「這裡竟然有這本書，我太感動了。優奈小姐，請讓我看看。」

希雅盯著書，幾乎就要向我撲過來。

「我也要看～」

「我也很想看看。」

我從大家看得到的角度打開書，確認內容。

上面寫著：『能取得這本書的人想必懷抱善意，且擁有一定以上的魔力。』

看來石碑的機關果然跟魔力有關。

可是，善意是測得出來的嗎？

也許魔力能分成骯髒的魔力和純淨的魔力？

如果是漫畫或小說，負面情感確實能增強黑暗魔法的力量。

雖然我不知道石碑是怎麼判斷的，但聽別人說我懷抱善意，讓我開始覺得很難為情。況且我這樣算是有善意嗎？我可是個超級自我中心的人耶。這個善意的判斷機制應該有問題吧？

算了，再怎麼想也搞不懂，而且既然人家說我的內心並不骯髒，我就欣然接受吧。

我正要繼續讀下去的時候，從旁邊看著書的其他人說出了令人意外的話。

「書上一片空白耶。」

「什麼都沒有寫。」

「咦，這不是庫琉那．霍克之書嗎！」

「妳們在說什麼？上面明明有寫字啊。」

我能確實看到書上的文字。

「咦，明明就是一片空白，什麼都沒有寫。我沒說錯吧？菲娜、修莉。」

希雅這麼詢問姊妹倆。

「是的，上面什麼都沒有寫。」

「嗯，什麼都沒有寫。」

其他人似乎看不到書上所寫的文字。

「這確實是庫琉那．霍克之書，但好像只有我看得到。」

既然如此，是否能閱讀也跟魔力有關嗎？

還是說，只有從石碑中取出書的人可以閱讀呢？

「真的嗎？嗚嗚嗚，我也好想看庫琉那·霍克之書喔。優奈小姐，書上寫了些什麼呢？」

我隨意翻閱了一下。

「上面好像寫著名叫庫琉那·霍克的冒險家在這座島上調查到的事。」

裡頭是不是寫著關於這座島的祕密呢？

390 熊熊了解神祕島嶼（第四天）

「不能看到書的內容，真是太可惜了。」

希雅一臉遺憾，但這也沒辦法。

「那麼，我想看看這本書，所以暫時休息一下吧。」

這裡似乎沒有魔物，而且如果有危險的動物靠近，熊緩和熊急會通知我。要是島嶼開始移動，我們也可以跳到海上。

況且，我們在強烈的日照之下走到現在，騎著熊緩和熊急的菲娜與修莉似乎覺得很熱。

我們決定移動到附近的樹下，小歇一陣子。

我從熊緩與熊急的背上把菲娜和修莉抱下來，給她們喝水。

「好好喝喔。」

修莉津津有味地喝著水。

「熊急軟綿綿的，讓我覺得好熱。」

冬天倒是很溫暖，睡起來很舒服。但夏天恐怕很悶熱。因為穿著熊熊布偶裝，我沒有特別的感覺，所以沒有注意到。

「妳們三個一定要記得補充水分喔。」

我靠著熊緩，繼續閱讀庫琉那．霍克之書。

『為了不了解這座島便取得此書的人，我必須轉達一件事——這座島位於塔古伊之上。』

塔古伊？我沒聽說過。是這座島的名字嗎？

『可以的話，請趁早離開這座島。島嶼遲早會移動到別處。』

這就是島嶼消失的理由吧。

『此外，此書只有待在島上的期間可以閱讀，請注意。』

我不知道是基於什麼原理，但書上說一旦離開這座島，書就會回到石碑中。

如果放到熊熊箱裡，不知道會怎麼樣？

根據希雅的說法，庫琉那．霍克之書好像很有價值，所以我也想留在手邊。

要是再也拿不到就傷腦筋了，所以我決定放棄實驗。可是，不能帶走真的很可惜。

要是書被帶走了，就會對下一個登島的人造成困擾，所以才會設計成這個樣子吧。

不過，既然到了島上就能隨時閱讀，那也沒問題。反正我有熊熊傳送門。這麼一來，我就要找地方設置了。

「優奈小姐，妳有發現什麼嗎？」

我正在思考書的內容時，喝著歐蓮果汁的希雅這麼問道。

「這個嘛，妳知不知道什麼是塔古伊？」

「塔古伊嗎？那個塔古伊？」

我不知道是哪個塔古伊，畢竟我是第一次聽到這個名字。塔古伊該不會也是一般常識吧？

連庫琉那．霍克之書上也只寫著「這裡位於塔古伊之上」。

「優奈小姐，妳不知道塔古伊是什麼嗎？」

看到我的反應，希雅這麼問道。

「嗯，我不知道。該不會跟庫琉那．霍克一樣有名吧？」

我老實回答。這種時候就算裝懂也沒有意義。我也順口問了菲娜和修莉是否知道塔古伊是什麼，但她們卻回答「不知道」。

嗯，幸好我不孤單。要是連菲娜她們都知道，我就傷腦筋了。

「嗯～要說有名也算是有名，可是不知道的人就是不知道。塔古伊是一種傳說中的海洋生物。」

「傳說中……」

傳說中的海洋生物，是像烏龜？鯨魚？章魚？烏賊？還是我沒見過的生物呢？

可是，如果塔古伊是魔物的話，探測技能應該會發現才對。所以牠不是魔物嗎？就算不是魔物，如果是危險的生物，熊緩與熊急應該會告訴我。可是我望向熊緩與熊急，牠們並沒有緊張的神情。如果有危險，牠們應該會發出叫聲警告。

可是提到傳說，我就想到鳳凰之類的聖獸。既然是在海裡，應該叫做聖龜或聖鯨之類的吧？

我在腦中拼湊類似的漢字，結果根本不知道該怎麼唸。

「優奈小姐，妳為什麼會提到塔古伊呢？」

「書上說，這座島好像就是塔古伊。」

「那是真的嗎！」

希雅驚訝地大叫。

「如果這本庫琉那．霍克之書沒說錯的話。話說回來，塔古伊到底是什麼生物？」

「塔古伊的存在雖然已經受到證實，但沒有人知道牠生活在哪裡、外觀是什麼樣子。可是，牠的體型好像很龐大。」

如果這整座島都是塔古伊，以生物而言確實很大。

不過，既然這座島是生物，也難怪會移動了。

「那麼，塔古伊很危險嗎？」

這是最重要的一點。如果很危險，我們就應該馬上逃走。

「關於塔古伊的傳聞有很多。有人說襲擊塔古伊的船隊全都被擊沉了，也有人說塔古伊曾經救過被魔物襲擊的船。甚至有人說牠會載著遇到天災的村民，幫助人脫離險境。所以，聽說有些地區的人會將塔古伊視為救世之神。因此，一般人都認為只要不威脅到牠就不會有危險。」

被視為神明啊，就跟聖獸一樣呢。

不過，熊緩和熊急是神送給我的禮物，或許也能稱之為聖獸吧。

我看著熊緩和熊急這對聖獸，牠們便可愛地歪起頭來，就像是在問：「怎麼了？」但我家的熊熊沒有聖獸的威嚴就是了。

「這麼說來，牠可以說是沒有危險嘍？」

「據說塔古伊可以存活數千年，但應該從來沒有引發足以致災的大事件。」

根據希雅所說，這一百年內似乎都沒有人確認到塔古伊的存在。如果牠曾經攻擊人，塔古伊有危險的說法應該早就傳開了。

的確如此。如果塔古伊會攻擊人，應該會有類似的傳聞才對。別說是攻擊人了，塔古伊甚至不會出現在人們面前。

「可是，我說的事都是口耳相傳或書上所寫的內容，請不要盡信喔。」

畢竟希雅沒有親眼見過，這也沒辦法。

「那麼優奈姊姊，我們就在那種叫做塔古伊的生物背上嗎？」

「這個嘛，我剛才也說過了，前提是這本庫琉那．霍克之書沒有說錯的話。」

這一點，我也無從確認。沒有證據能證明這座島真的是塔古伊。如果塔古伊是魔物，探測技能也有反應的話就能確定，但卻沒有反應。

所以，現在的我無法得出答案。

「庫琉那．霍克之書有沒有寫到關於塔古伊的事呢？」

希雅看著我手上的庫琉那．霍克之書。

我大致瀏覽，找到描述塔古伊的頁面。

『正如傳說所言，塔古伊並沒有危險。然而，若是做出傷害塔古伊的行為，人身安全可能會受到威脅。我認為來到此地，並且閱讀此書的人應該懷抱著善意。可以的話，請不要做出任何事，盡速離去，並將此事保密。這是我唯一的請求。』

要我保密是可以，但我無法就此離開。

因為這座島會動，還有我沒見過的食物。只要在這座島上設置熊熊傳送門，就能在不搭船的情況下前往未知的土地。缺點只有不能指定地點而已。

所以，我答應前半段，但拒絕後半段的要求。而從書上的內容看來，作者似乎不希望塔古伊的存在曝光。我有必要拜託其他三個人保密。

「優奈小姐，書上有沒有寫什麼關於塔古伊的事？」

「就跟妳說的一樣，只要不對牠展現敵意就沒問題。」

所以石碑上才會寫說「衷心祈求來者並無惡意」吧？

而且漁夫的船也不是因為有惡意才靠近的，這就表示從古到今，從來沒有發生過什麼事。

如果有人抱著惡意靠近這座島，這座島就會抓狂嗎？我實在不願意想像。

況且，殺死塔古伊有什麼好處嗎？這可是一座島呢。既然不會威脅到別人，只要放著不管就好了。如果這座島跑到陸地上襲擊城鎮的話就算了，但牠只是浮在海上，並沒有造成災害。

於是，我向其他三個人轉達庫琉那·霍克的請求。

「所以，這件事是我們之間的祕密喔。」

「好的，我知道了。」

「嗯，我絕對不會跟別人說。」

「…………」

「希雅？」

我看著沉默的希雅。

「妳要隱瞞這麼大的發現嗎？這是塔古伊耶，從來沒有人見過的傳說生物。妳不會想炫耀一下嗎？」

「不會啊，庫琉那・霍克都這麼拜託了。如果這件事傳開了，吸引一堆人跑來，使塔古伊攻擊人的話，那該怎麼辦？」

或許有研究者會想來調查塔古伊，或是有冒險者想靠著打倒塔古伊而成名。

要是塔古伊因此被激怒，那就大事不妙了。我認為不該為了自己的名譽而散播這件事。

「所以，這個叫做庫琉那・霍克的人才會要求我們保密。既然已經收到這本書，身為一個懷抱善意的人，我就不會把這件事說出去。希雅究竟是懷抱善意的人？還是懷抱惡意的人？」

我對希雅發問。

就是因為如此，石碑才會寫著「願來者抱有善意」。

「希雅姊姊是壞人嗎？」

「希雅大人？」

「「咿～」」

修莉與菲娜，以及熊緩與熊急都注視著希雅。

可能是無法抵抗這股目光，希雅點頭答應了。

「嗚嗚，我知道了啦。我也不會告訴任何人的。」

聽到天真無邪的修莉問：「妳是壞人嗎？」希雅也只能這麼回答了。

「也不可以對克里夫和艾蕾羅拉小姐說喔。」

「好的，我保證。」

可是，我也不是不能體會希雅的心情。這就像是世紀級的大發現，想跟別人分享也很正常。

「那麼優奈小姐，妳接下來打算怎麼辦？」

「這個嘛，反正還不確定這裡真的是塔古伊的背上，所以我打算確認一下。」

另外，我也想找機會設置熊熊傳送門。就算不是塔古伊，我也想得到這座水果之島。

可以的話，我想瞞著修莉與希雅，偷偷在某處設置熊熊傳送門。

等一下就拜託菲娜，幫我轉移她們兩個人的注意力好了。

為此，首先得確認周圍的安全。

391 熊熊發現花田（第四天）

「話說回來，庫琉那．霍克的魔法還真厲害。有書從石碑裡冒出來的時候，嚇了我一跳。原來魔法還能做到那種事啊？」

我使用的魔法主要是攻擊型，而且會用技能輔助。

「我沒聽說過那種魔法，但庫琉那．霍克確實是一流的魔法師，好像也會製作魔導具。據說現在也有人會高價買賣庫琉那．霍克做的魔導具。所以，既然是庫琉那．霍克，我想應該辦得到。」

聽起來就像是出現在故事中的賢者。賢者總是給人獨自流浪，或是一個人居住在森林深處的印象。

「他一定是很厲害的人。」

我正感到佩服的時候，別的地方傳來否定的感想了。

「優奈姊姊比較厲害啦。」

「我也這麼想。優奈姊姊很強，又很體貼，隨時都會保護我們。」

「對呀，為了保護大家，優奈小姐曾經跟黑虎戰鬥，還替我打贏了騎士團長呢。」

「那又沒什麼大不了的。」

跟庫琉那・霍克的事蹟比起來，我做的事沒什麼大不了的。

「而且優奈小姐還有可以變小、可以在海上跑的熊緩和熊急，所以比庫琉那・霍克還要厲害。」

「嗯！」

「是的！」

我很高興她們這麼讚美我，但我的力量和熊緩與熊急，都是神賜給我的，不值得驕傲。我個人幾乎沒有什麼力量。

「可是，那塊石碑還是讓我很不服氣。它真的分得出好人跟壞人嗎？」

自己觸碰石碑也沒有拿到書的事情，似乎讓希雅很受傷。

「那又不代表希雅是壞人。我想，應該只是魔力不足而已。」

如果魔力夠多，希雅觸碰石碑的時候，那本書應該就會出現。

我不認為希雅是壞人。而且壞人也可以叫純真的小孩子去觸碰石碑，藉此取得那本書。所以，我覺得石碑只是對一定以上的魔力有反應而已。

書上也有寫到類似的內容。

而且，取出的書只有本人能閱讀，一旦離開這座島，書就會回到石碑之中。所以，只有在這座島上能閱讀那本書。究竟要用什麼魔法和魔導具才能辦到這種事，簡直是一團謎。

這就表示庫琉那・霍克真的很想保守塔古伊的祕密。也對，如果這座島真的是名叫塔古伊的生物，萬一牠抓狂就糟糕了。

「那麼，既然這裡好像很安全，我們再探索一下就回去吧。」

我們結束休息時間，準備重新開始探索。

「那我們要從哪裡開始走？」

「嗯～我本來打算環島一圈，但現在想往島中央前進。如果能直接走到對面，今天就先回去吧。」

「話說回來，我還是不敢相信這座島就是塔古伊。」

「目前還不確定是塔古伊吧。可是千萬不能攻擊牠喔。」

「我才不會呢。而且到底要怎麼樣才能攻擊到牠？就算用劍去刺地面，地上也只有一堆土而已。」

希雅伸手觸摸地面。

希雅說的確實沒錯。那麼一點攻擊，連被蚊子叮都稱不上。況且，既然這裡長著這麼多樹木，就表示泥土相當深。

就算用劍刺進地面，應該也碰不到塔古伊的皮膚。

如果真的想傷害牠，或許要從海裡發動攻擊吧？那也幾乎不可能辦到。反正我也不打算攻擊，所以再怎麼思考也沒有意義。

菲娜與希雅騎上熊緩，修莉與我騎上熊急前進。

「這裡有路呢。」

不知道是庫琉那·霍克，還是被塔古伊所救的人開闢的，石碑附近有一條很老舊的路。

載著我們的熊緩與熊急沿路前進。既然有路，就表示前面應該有什麼東西。

我把移動和注意危險的任務交給熊緩與熊急，抱著坐在我前方的修莉，在修莉的腹部前方打開庫琉那·霍克之書。我隔著修莉的頭，開始看書。

「優奈姊姊，上面真的有寫字嗎？」

修莉從不同的角度看著眼前的庫琉那·霍克之書，頭也因此跟著左右晃動。

「修莉，頭不要晃來晃去的，我沒辦法看書了。」

「對不起。」

修莉道歉，於是我用熊熊玩偶手套摸摸她的頭。

「書上確實有寫字喔。可是，好像只有從石碑裡拿出來的我看得到。我等一下會把可以說的內容告訴妳們，所以妳就看看四周，如果有發現稀奇的東西再告訴我。」

「嗯，好。」

我拜託修莉，她便開始左顧右盼。雖然她的頭多少會動，但也沒辦法。我繼續看書。這個名叫庫琉那·霍克的人似乎在這座島上生活了很長一段時間。

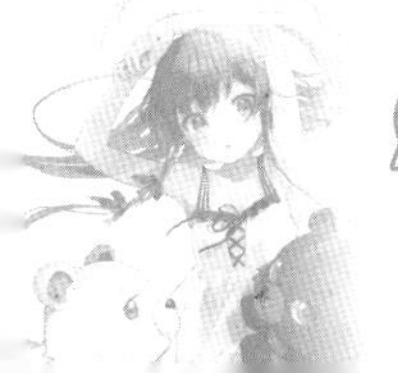

嗚哇，原來在這裡種歐蓮果和蘋果的人就是他。他似乎是想作個實驗。

成長得比較快？果實也會更美味？比起在克里莫尼亞買的歐蓮果，吃起來確實比較甜。根據庫琉那・霍克之書，這似乎很有可能是受到塔古伊的魔力所影響。

呃，意思是植物成長的時候會吸收塔古伊的魔力嗎？

那樣沒問題嗎？庫琉那・霍克說它們對人體沒有影響，只是普通的水果。可是，這終究只是庫琉那・霍克的觀點。但本人也是吃過才這麼寫的吧。

這段篇幅都是在講關於食物的事，所以我跳過了好幾頁。

話說回來，就算是為了研究塔古伊，真虧他願意在這種空無一物的島上居住。如果是我，有熊熊傳送門才會想來，根本不會想一個人住在這種鳥不生蛋的地方。

庫琉那・霍克是個怪人嗎？

過了一陣子，我找到感興趣的章節了。塔古伊似乎會定期繞行世界各地。因為牠會經過同樣的地方，所以庫琉那・霍克也曾利用這一點，數度從塔古伊背上移動到其他地方。

就是因為如此，塔古伊才會每隔幾年就出現在密利拉鎮吧。

除此之外，書上還寫著關於塔古伊的有趣知識。這座島應該滿值得探險的。

「妳有看到什麼有趣的東西嗎？」

我闔上書本，伸了個懶腰，然後這麼對坐在前面的修莉問道。

「沒有耶，連水果也沒有。」

看來修莉剛才是在尋找水果。

「而且也沒有動物。」

「頂多只能看到有鳥在飛吧？」

菲娜和希雅這麼告訴我。

希雅說得對，周圍確實有鳥鳴的聲音。

應該是從附近的島嶼飛來的吧？

雖然也有動物會游泳，但考慮到那些漩渦，除非用某種方法運送過來，否則應該不可能有動物在這座島上生活吧？

熊緩與熊急不斷前進，走上一道稍微往上的斜坡後，我們的視野一口氣擴展開來。

「是花耶。」

眼前開著一整片五顏六色的美麗花朵，是個很漂亮的地方。

這裡很適合讓千金小姐坐在山丘上編織花冠。希雅和菲娜或許很適合做這件事。修莉倒是比較適合活潑地四處奔跑。

可是，我一點也不適合做這些事。打扮成熊的樣子，用鴨子坐的姿勢編花冠？或是在花田裡追逐嬉戲？我光是想像自己那麼做，就感覺到一陣寒意。

「優奈姊姊，那棵樹好漂亮喔。」

修莉所指的方向有一棵大樹，上面開著櫻花般的花朵。花瓣是粉紅色，開得十分茂盛。

哦哦，這麼大的櫻花樹可不常見。樹上盛開著櫻花，彷彿現在就是它最美的一刻。

「優奈姊姊，我可以下去嗎？」

「等一下。」

我抓住修莉的肩膀，姑且用探測技能確認是否有魔物。

「嗯，可以下去了。」

修莉從熊急背上爬下來，跑了出去。看到她這麼做，菲娜和希雅也從熊緩背上爬下來。

「這個地方真漂亮。」

「那棵樹上開的花也很漂亮呢。」

對我來說就像在夏天賞櫻，感覺有點怪。這座島真是不可思議。就算島上開著不符季節的花，我也決定睜一隻眼閉一隻眼。

菲娜她們正在花田中高興地奔跑。

女孩子在開著花朵的地方活潑地奔跑，看起來真是如詩如畫。像我這種穿著熊熊布偶裝的女生在花田中奔跑，肯定不好看。那已經超越詭異，到了搞笑的地步了。

「好漂亮喔，真希望爸爸媽媽也能看到。」

「對呀，我也想讓諾雅看看。」

「雖然我也想帶她來，但要來這裡也不容易。島的四周有很強的漩渦，沒辦法開船來，熊緩與熊急的事情也是祕密。而且就算告訴她，能載的人數也是固定的，所以可能沒辦法。」

「說得也是。」

「我能理解菲娜和希雅的心情，但這件事是我們之間的祕密喔。」

「好的。」

我來到櫻花樹附近。這棵樹相當高大，就算說它有一千年的樹齡也不奇怪。靠近一看會發現，它跟櫻花有點不同，但依然是很漂亮的花。因為我不知道它的名字，所以決定暫時稱它為櫻花樹。

熊緩與熊急靠了過來，坐在我身邊。我也坐了下來，靠著熊緩與熊急。

「啊～優奈姊姊獨佔熊緩和熊急啦。」

修莉跑過來，撲到熊緩和熊急身上。

感覺真舒適，讓人昏昏欲睡。我決定暫時在這裡休息。我一定要在這裡設置熊熊傳送門。

「優奈姊姊，我可以摘花給媽媽嗎？」

我稍微思考了一下。

嗯，只是摘個花應該沒關係吧。

「可以啊。」

「我也要！」

修莉跑去菲娜身邊，跟她一起摘花。

「姊姊，這邊的花很漂亮喔。」

「真的耶。」

真有女孩子氣。

穿著熊熊布偶裝絕對不適合摘花。

摘著花的姊妹倆似乎很開心。她們果然是女孩子，跟我這個只重物質不重情調的人完全不一樣。

我很想替她們編花冠，但可惜不知道做法。因為我一直都住在都市，而且從來沒做過那麼女孩子氣的事。我覺得她們倆應該很適合戴花冠，真是可惜。

我尋找希雅的身影，發現她正在附近賞花。真是令人賞心悅目的金髮美少女。像我這種打扮成熊的女生，就算做出同樣的事也只會惹人笑。

我靠著熊緩和熊急，聆聽菲娜與修莉的愉快對話，悠閒地休息著。

一陣舒適的微風吹了過來。我還想再來這裡，所以一定要設置熊熊傳送門。

我正在享受久違的悠閒時光時，菲娜出聲叫道：

「優奈姊姊，花正在發光耶。」

我沿著菲娜的手指望去，發現一朵一朵櫻花的花瓣正在發光。

「花瓣正在發光，好漂亮喔。」

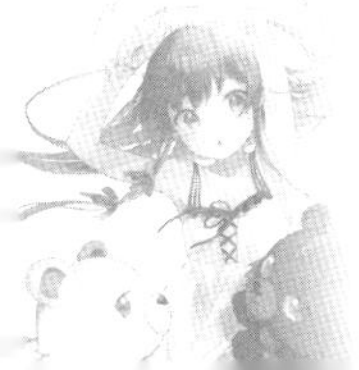

我離開櫻花樹下，從較遠的位置看著櫻花樹。它就像聖誕樹的燈飾一樣，發出陣陣光芒。現在明明是白天，光芒卻很耀眼，甚至令人感動。如果現在是晚上，不知道會有多漂亮。

「好漂亮喔。」

「希雅，有花會發光嗎？」

「我也不太清楚，但我聽說有些蘊含魔力的花會發光。可是，這也是我第一次看見。」

「這麼說來，這棵樹的花也是靠魔力發光的嗎？」

「我想應該是的。」

「優奈姊姊，我想帶那種花回去。」

「就算帶回去，應該也不會再發光了。」

「是嗎？」

我伸出手，從下垂的樹枝摘下一片發光的花瓣。

熊熊玩偶手套咬著的花瓣漸漸失去光芒。

「啊，暗掉了。」

修莉很遺憾地看著花瓣。

如果是會持續發光的花，我也很想帶回去，但花瓣似乎無法獨自發光。

「可是，這棵樹到底是什麼？」

「庫琉那·霍克之書上有沒有寫到它呢？」

說得有道理。這麼明顯的花，書上可能有提到。

我開始翻閱手上的庫琉那・霍克之書，找到想看的頁面。

書上畫著櫻花樹的插畫。看來庫琉那・霍克也很會畫畫。有才華的人不管做什麼都很出色呢。

我看看，上面寫了些什麼？

『每當塔古伊釋放魔力，這棵樹就有可能發光。若這棵樹開始發光，建議立刻離開現場。』

櫻花樹的插畫旁用紅色的墨水寫著「危險」的文字。

這個令人不安的字眼是怎麼回事？

我繼續讀下去。

『光芒源自於魔力的釋出。這陣光芒雖然美麗，但同時也會吸引魔物。若附近沒有魔物，便很安全；但如果附近有魔物，就會一口氣聚集到附近。』

等等，這可不是鬧著玩的。

海裡、天上都可能有魔物。如果周圍沒有魔物，可能沒有危害。但書上寫著這一點全憑運氣。

我看著眼前的櫻花樹。

這裡沒問題嗎？

可是，還是逃走比較好吧。

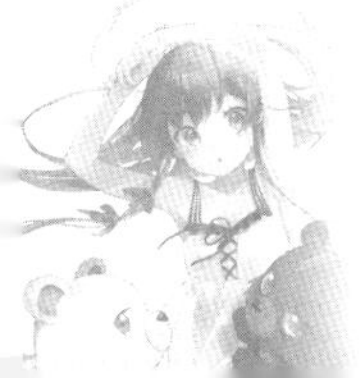

話說回來，竟然專挑我們來的時候發光。我又不是遊戲或漫畫的主角，這也太奇怪了吧？

我看著菲娜等人。她們陶醉地望著閃閃發光的櫻花樹，幾乎忘了眨眼。

「大家，我們要快點離開這裡！」

「咦～」

「咦，怎麼了嗎？」

「我還想再看一下。」

花朵釋放魔力，正在散發光輝。

我也想繼續欣賞。這麼漂亮的景色，可不是常常能看見的。可是，魔物或許會聚集到這裡來。

「沒有時間說明了，馬上騎上熊緩和熊急！」

我發動探測技能，確認周圍的狀況。就在這個時候，熊緩與熊急放聲大叫。

392 熊熊帶三人移動到安全的地方（第四天）

「優奈姊姊！」

「熊急？」

菲娜看著我，修莉看著身旁的熊急。

「優奈小姐，該不會是有魔物吧！」

希雅記得熊緩和熊急曾在我擔任護衛的時候，用叫聲警告魔物的出現，於是這麼問道。

我用探測技能確認，發現有紅喙鴉的反應。紅喙鴉正筆直朝這裡飛來。

已經飛到我們附近了。

我抬頭往上一看。

其他人也跟我一樣，看著天空。

「那是……」

「鳥嗎？」

黑色的鳥出現，在上空盤旋。

「那該不會是紅喙鴉吧？」

正如希雅所說，那是紅喙鴉。這種魔物比老鷹稍大一點，特徵是有紅色的鳥喙。探測技能發現十隻紅喙鴉的反應，而且就在我觀看探測技能的期間，仍有一隻又一隻的紅喙鴉進入探測範圍。紅喙鴉的數量愈來愈多。

根據過去的經驗，每一隻紅喙鴉並不強，我可以確實應付牠們。只不過，數量太多了。而且我身邊還有菲娜等人，情況跟精靈村落那時候可不同。

我也不能帶著菲娜等人逃向密利拉鎮。如果隨便逃進密利拉鎮，就有可能把紅喙鴉引到鎮上。根據庫琉那．霍克之書，魔物似乎是被那棵櫻花樹吸引而來，但沒有人能保證牠們不會追上來。萬一我們把紅喙鴉引到密利拉鎮，導致在海邊玩水的孩子們遭到攻擊，我會無法原諒自己。絕對不能讓那種事情發生。

幾隻紅喙鴉降落到櫻花樹上，然後開始啄起花朵。牠們在覓食嗎？

「……優奈姊姊。」

我沿著菲娜的手指望去，看見櫻花中冒出了閃耀七彩光輝的泡泡。泡泡逐漸擴散開來，到處都開始飄出大大小小的泡泡。

「好漂亮。」

菲娜等人忘我地看著這幅夢幻的景色，但我覺得不太妙。我很想查閱書上是否有提到這個現象，但現在只想趁早離開現場。

我的預感很快就實現了。停在樹上的紅喙鴉被泡泡包了起來。紅喙鴉雖然掙扎了一瞬間，但就像是力量被吸走似的，立刻安分下來。牠們的魔力被吸收了？還是體力？那些泡泡到底是什麼？

泡泡接二連三地捕獲紅嗉鴉。然後，山丘發出「轟～～～」的聲音，包裹在泡泡裡的紅嗉鴉便馬上被吸進山腰附近的大洞裡。

那種地方怎麼會有洞？

我看著探測技能，發現被吸進洞裡的紅嗉鴉已經沒了反應。

那個洞該不會是塔古伊的身體器官，把紅嗉鴉吃掉了吧？

「我們快離開這裡。」

我叫菲娜她們騎到熊緩和熊急背上。

雖然我有很多想確認的事，但現在的當務之急是帶她們三個人去安全的地方。我帶著騎乘熊緩和熊急的三人，回到有石碑的地方。

我看著探測技能，還有其他紅嗉鴉陸續聚集過來。

「優奈小姐，庫琉那·霍克之書……」

「書上說那種花發光的時候，魔物會聚集過來。」

「……！」

我說的話讓三人都很驚訝。

「就算有紅嗉鴉來攻擊我們，我也可以輕鬆打贏，不用擔心啦。」

為了不讓她們擔心，我用溫柔的聲音這麼說道。

「可是，我不知道會發生什麼事，所以妳們三個就待在房子裡吧。」

我從熊熊箱裡取出熊熊屋。

待在熊熊屋裡就不會遭到紅喙鴉攻擊了。熊熊屋是這座島上最安全的地方。

「我們不逃離這座島嗎？」

「如果魔物追上我們，跑到密利拉鎮，就會讓城鎮陷入危險，所以我們不能逃走。沒問題的。我會保護妳們三個，放心吧。」

「「咿～」」

熊緩與熊急叫著，就好像是在反駁我說的話。

「也對，我和熊緩與熊急會保護妳們三個。」

我這麼改口，熊緩和熊急便露出開心的神情。

我打開熊熊屋的門，帶著大家進到屋裡。

這麼一來就能暫且安心了。待在屋裡就不會突然遭到襲擊。

確保三人都安全之後，我打開庫琉那．霍克之書，閱讀關於櫻花樹與泡泡的章節。

庫琉那．霍克之書上所寫的內容終究只是他的觀點。

他推測那些泡泡是由魔力形成，可能是塔古伊的食物。山腰處有吸入泡泡的洞。書上寫著最好不要靠近那個洞。

這種事情應該要寫在開頭啊。要是我們在不知情的狀況下走進那個洞該怎麼辦？

從花朵冒出來的泡泡會飄浮在半空中，並包住附近的魔物。書上先強調這是「假說」，然後提到泡泡可能是對魔物體內的魔石有反應。

這麼推測的理由是，庫琉那．霍克即使靠近櫻花樹，泡泡也沒有飄過來。而且他曾觸摸泡泡，還是沒有被包覆在裡面。

那可是有一堆魔物聚集的地方耶，這個人到底在幹什麼啊？

可是，幸好有他挺身實驗。看到那種景象，我根本不敢去碰那些泡泡。

根據庫琉那．霍克之書所說，塔古伊會利用櫻花樹來吸引魔物，再用泡泡捕捉並吃掉。這次的現象就是塔古伊的覓食過程。還真是規模浩大的用餐方式。只有紅喙鴉就算了，要是引來龐大的魔物會怎麼樣？

如果是我打倒的克拉肯遇上這次的狀況，結果會如何呢？

我能看到塔古伊VS克拉肯的對決嗎？我光是想像就覺得可怕。再說，塔古伊能跟克拉肯戰鬥嗎？

根據庫琉那．霍克之書，覓食會持續一段時間。

據說會持續到周圍的魔物消失，或是櫻花樹的魔力耗盡為止。櫻花樹停止發光後，魔物似乎就會逃離這裡了。

看過書之後，我大概了解狀況了。如果沒有這本書，我或許會不知所措。我可得好好感謝庫琉那·霍克。

接下來的問題只剩下塔古伊的覓食時間了。書上沒有寫到時間有多長，但如果持續好幾天就麻煩了。

萬一逼不得已，就算會被修莉和希雅得知，我也必須考慮用熊熊傳送門來逃離這裡。畢竟生命無價。

「優奈小姐，妳發現什麼了嗎？」

我從書上移開目光，希雅便這麼問道。我往旁邊一看，發現菲娜正抱著修莉。

為了消除她們三人的不安，我這麼說明：

「我們真的不會被攻擊，別擔心。如果情況緊急，我會帶妳們逃走的。」

就用熊熊傳送門。

聽完我的說明，三人都露出安心的表情。

只不過，前提是聚集而來的魔物只有紅喙鴉之類的小嘍囉。我真的很慶幸沒有克拉肯。

我正要繼續閱讀庫琉那·霍克之書，確認上面是否寫著其他重要事項的時候，熊緩和熊急發出了帶有警告意味的叫聲。

我確認探測技能。

探測技能發現了意想不到的魔物反應。克拉肯和飛龍？

開什麼玩笑？熊熊屋再怎麼堅固，也不一定耐得住克拉肯和飛龍的攻擊。我沒有作過那種實驗。

「優奈小姐，熊緩牠們……」

「只是有魔物經過附近而已。可是或許有點危險，所以我們移動到安全的地方吧。」

為了避免製造恐慌，我說了謊。然後，我帶著所有人走向放著傳送門的房間。

「優奈姊姊，妳該不會……」

「妳要配合我的說法喔。」

我小聲拜託菲娜。

「優奈小姐，這裡是？」

房間的牆壁設置了熊熊傳送門，就像是連接著隔壁房間。

「這裡面有一個不怕任何魔物的安全房間，妳們就暫時躲在裡面吧。」

我打開熊熊傳送門。我們走進門內，來到一個約三坪大的房間。

這裡是克里莫尼亞熊熊屋的地下室。

為了應付急須使用熊熊傳送門，但又不能讓熊熊傳送門的事曝光的情況，我特別做了這個房間。

這次不能，也沒有時間說明熊熊傳送門的事，所以我假裝這裡是熊熊屋裡面的房間。這個房間位於克里莫尼亞的地下，所以沒有門和窗戶，無法確認外頭的狀況。順帶一提，菲娜早就知道有這個房間的存在。

做出這個房間的時候，知道熊熊傳送門的菲娜是唯一聽我說過這件事的人。

「這個房間很安全，妳們儘管放心。」

房間裡沒放什麼東西，只有中央的一張桌子，以及幾張椅子而已。

「這裡真的安全嗎？」

「我可以保證。菲娜也知道這裡很安全吧？」

「是的，這個房間很安全。不管是什麼魔物，都沒辦法靠近這裡。」

知道這個房間的菲娜這麼附和。

「既然菲娜都這麼說了，應該該沒問題吧？」

修莉似乎也從姊姊菲娜的語氣和態度感覺到了，臉上不再有害怕的表情。

「優奈姊姊，我們要暫時待在這裡嗎？」

「那就要看外面的魔物怎麼樣了，但應該要暫時待在這裡。」

我拿出冰箱，告訴大家可以自由活動。

「那麼，我要去外面看看情況，妳們就在這裡慢慢坐吧。」

「優奈小姐，妳要去外面嗎？」

「總要有人去看看情況，我們才能回去啊。熊急，你陪在大家身邊。如果有危險的話，你要通知大家喔。」

「咿～」

雖然不可能發生危險的事，但我還是這麼說道。只要熊急不叫，大家應該就能安心了。

老實說，根本不需要護衛。可是，以為自己還待在島上的修莉與希雅有熊急在身邊，應該會比較安心。

「優奈小姐，我也要去。」

「不行，妳也知道我很強吧。」

「可是……」

「而且，怎麼可以放菲娜和修莉自己待在這裡呢？她們倆就拜託妳了。」

希雅看著菲娜和修莉，輕輕點頭。

「我知道了，菲娜和修莉就交給我照顧吧。」

希雅總算了解自己的職責。

393 熊熊與克拉肯三兄弟戰鬥（第四天）

我把修莉與希雅交給知道內情的菲娜與熊急，自己則帶著熊緩離開房間。然後，我確實關上熊熊傳送門。除非我打開門，否則她們三個人無法回到這裡。這麼做同時也能保障她們的安全。

我已經交代過菲娜，如果我一直沒有回來，可以帶其他人從暗門離開房間。雖然這樣會讓她們發現那裡是克里莫尼亞，但如果我沒有回去，就表示情況真的很緊急。

可是，如果我真的無法應付，一定會在陷入絕境之前先用熊熊傳送門逃走。

跟熊緩一起走出熊熊屋之後，為了避免房子遭到破壞，我把熊熊屋收了起來。

好了，接下來該怎麼辦呢？

為了掌握情況，我首先使用了探測技能。紅喙鴉的數量減少了。相較之下，飛龍的數量增加了。牠們應該也跟紅喙鴉一樣，是被櫻花樹吸引過來的吧。

我抬頭往櫻花樹的方向一看，遠遠就能看到飛龍在上空盤旋。

飛龍也是龍的一種。牠們屬於比較小型的一種龍，強度相對比較弱。即使如此，牠們應該也不是普通人可以輕易戰勝的對手。如果讓這種魔物靠近密利拉鎮，造成的後果會比紅喙鴉還要嚴重。

我狩獵一萬隻魔物的時候也曾對付過飛龍，但當時只是趁牠們睡著的時候解決的。我並沒有實際跟飛龍戰鬥過，所以牠們真正的強度是未知數。如果要開打，這會是我第一次對上飛龍。

如果可以，由塔古伊連同紅喙鴉一起吃掉飛龍是最理想的狀況。但目前看來，飛龍的數量並沒有減少。

如果塔古伊無法對付飛龍，就只能由我出手了。即使密利拉鎮在很遠的地方，飛龍也能迅速飛向城鎮。

而且問題不只是飛龍。海岸邊還有克拉肯的存在。

話說回來，克拉肯竟然多達三隻，這附近的海域到底是麼回事？再加上我以前打倒的克拉肯就有四隻了。難道這附近有克拉肯的巢穴嗎？我忍不住這麼吐槽。

我開始思考自己該怎麼做。

方法一　打倒所有魔物。

方法二　觀察塔古伊的反應再行動。

方法三　逃離這座島。

方法四　砍倒造成這種情況的櫻花樹。

對密利拉鎮來說，方法一是最好的。如果放過這些魔物，牠們以後跑到密利拉鎮就糟糕了。

問題頂多是我會很辛苦而已。

至於方法二，庫琉那·霍克之書有寫到，塔古伊會以魔物為食。問題在於牠能打倒多少魔物。庫琉那·霍克待在這座島上的時候，也有可能只見過紅喙鴉之類的小型魔物。面對大型魔物，我不知道牠能應付到什麼程度。

如果我是單獨行動，而且附近沒有人的聚落，方法三就可行。可是，附近有密利拉鎮，還有孤兒院的孩子們在。所以，方法三是最不可行的。

最後是方法四，這是把魔物趕出這座島的最好方法。可是基於各種觀點，我只能駁回這個方法。

首先，我不一定能砍倒那棵充滿魔力的巨木。另外，如果我發動攻擊，有可能被塔古伊視為敵人。那樣一來，不只是飛龍和克拉肯，甚至有可能連塔古伊都與我為敵。萬一憤怒的塔古伊登上密利拉鎮的土地，造成的災害可不是飛龍能比擬的。

而且如果與塔古伊為敵，我想設置熊熊傳送門的計畫就會泡湯。最重要的是，身為一個日本人，我實在不想砍伐那棵櫻花樹。所以，我把砍倒櫻花樹列為最終手段。

我正這麼想的時候，熊緩叫了一聲。這個音調是通知危險的意思。我開啟探測技能，發現又有更多飛龍從海上飛過來了。

到底有多少魔物會聚集到這裡？

飛龍逐漸靠近這座島的時候，地面開始劇烈搖晃。同時，有某種東西從海裡浮了上來。

什麼！

從海中浮出的東西就跟大樓一樣，高高聳立著。

「……脖子？」

從海中出現的，是類似蛇頸龍的長長脖子。

「那該不會是塔古伊吧？」

塔古伊緩緩面向飛龍，從口中噴出雷射般的水柱。水柱命中天上的飛龍，飛龍便落入海中。

等等，這麼容易就打倒了？

然後，塔古伊朝落海的飛龍伸出脖子，把牠吃了下去。塔古伊再度朝其他飛龍噴出強烈的水柱。飛龍試圖閃避，但塔古伊連續噴水，把牠們打落到水面上。

然後，塔古伊轉動脖子，對飛在櫻花樹上方的飛龍噴水。可是，這次的距離有點遠，所以飛龍躲開了。不過，塔古伊並沒有停止攻擊。每當塔古伊噴水，就會有海水從天而降。一隻飛龍飛到塔古伊的脖子周圍，其他飛龍則躲到了島上的某處。

明明可以逃走，牠們卻沒有逃走。那棵櫻花樹對魔物的吸引力果然還是很強。

話說回來，塔古伊與飛龍的戰鬥真的開始了。話雖如此，戰況也只是塔古伊單方面發動攻擊

而已。其中根本沒有我插手的餘地。

不過，幸好塔古伊會幫忙打倒飛龍。在天上飛的魔物不好對付。如果我或熊緩會飛就好了，但我們再厲害也無法翱翔天際。

既然如此，這下子只能由我來對付試圖爬到塔古伊背上的克拉肯了。塔古伊或許也能應付，但我想要的水果可能會在這段期間遭到破壞。

要戰鬥是可以，但問題在於克拉肯的數量。光是要打倒一隻就讓我費盡力氣，這次卻有三隻。老實說我不太想打，但牠們就跟飛龍一樣不能放過。

我確認探測技能，發現克拉肯正在緩緩移動。牠們登島了嗎？

牠們一開始是出現在海岸邊，但似乎已經登島了。這樣的話，我或許有辦法應付。

克拉肯再怎麼強，只要登上陸地，打起來應該會比上次戰鬥時輕鬆。

問題在於克拉肯的數量，但每一隻都分別位於稍遠的地點。如果是玩遊戲，就該一隻一隻打倒。

我朝距離最近的克拉肯奔跑。我一起跑，熊緩也追在我的身後。

我邊跑邊覺得不對勁。

好奇怪。

我明明是朝著克拉肯的方向奔跑，卻遲遲沒有看見克拉肯。像克拉肯這麼大的魔物，我應該看得到才對。可是，我一直都沒有看到牠。

我抵達應該有克拉肯在的地點。

蠕動，蠕動。

「…………」

「咿～」

蠕動，蠕動，蠕動。

「…………」

「咿～」

我回過神來。

我的腦袋一瞬間停止運轉。多虧有熊緩磨蹭我，才把我拉回現實。

「呃，這是克拉肯嗎？」

我比對探測技能的反應位置。不會錯的，這是克拉肯。我的眼前有一隻兩公尺左右的烏賊正在島上爬行。

不管怎麼看，牠都像是一隻偏小的大王烏賊。牠正蠕動著長長的腳，緩緩前進。牠也是被櫻花樹吸引過來的嗎？

我用熊熊玩偶手套凝聚魔力，做出大型的熊熊火焰。然後，我對看似大王烏賊的克拉肯放出火焰。克拉肯被熊熊火焰包圍，開始掙扎著逃跑，卻遭到消滅。

探測技能上的克拉肯反應隨之消失。看來這隻大王烏賊真的是克拉肯。也許是克拉肯的孩子吧。

我移動到下一個地方，遇到大了一號的克拉肯。不過，牠也不是我的對手。

「火熊術。」

怎麼說呢？真希望牠們可以把我剛才煩惱的時間還給我。

我移動到第三隻克拉肯的位置。

哦哦，好大。第三隻克拉肯還滿大的。大歸大，但也只是跟剛才那兩隻比起來罷了。不過，

看來克拉肯是會不斷長大的魔物。

話雖如此，第三隻克拉肯也只用火熊術就輕鬆打倒了。

得知有三隻克拉肯的時候，我還以為情況有點不妙，沒想到會是小隻的克拉肯。

遊戲裡面也沒有出現小型的克拉肯。

我不知道這個世界的魔物是怎麼產生的，看來似乎是不會憑空冒出一隻巨大的克拉肯。

雖然只是我的推測，但克拉肯應該也是在大海的生存競爭中活下來，只有過關斬將的個體才能成為出現在故事裡的巨大海怪吧。

也許我該感謝塔古伊，讓我有機會在牠們長大之前杜絕後患。

順利打倒克拉肯三兄弟之後，當我以為事情到此結束時，熊緩叫了。我望向熊緩，發現牠正

在往上看。我也往上一看，見到一隻飛龍正朝我滑翔而來。

等等，為什麼飛龍會盯上我？

飛龍從腳上伸出銳利的爪子，向我發動攻擊。

我在千鈞一髮之際躲開飛龍的攻擊。對付飛龍不是塔古伊的職責嗎？我與降落到地上的飛龍互相對峙。

394 熊熊與飛龍戰鬥（第四天）

飛龍降落到地面。牠吼叫著張開血盆大口，然後發出低鳴。對付飛龍不是塔古伊的職責嗎？而且，櫻花樹並不在這附近。飛龍應該是被櫻花樹吸引而來的，為什麼會跑來我這裡？

我望向塔古伊，發現牠正在跟幾隻飛龍戰鬥。其中的幾隻似乎跑來我這裡了。總共究竟有幾隻啊。

我面對眼前的飛龍，同時瞄了一下四周，發現又有第二隻、第三隻飛龍從天上降落下來。

然後，飛龍將銳利的目光轉向熊緩，不時張開又閉上嘴喙，藉此威嚇我們。疑似口水的液體從牠的嘴喙中滴落。

等等，牠們該不會是來吃熊緩的吧？

這可不是鬧著玩的。我移動到熊緩和飛龍之間。

竟然想吃掉熊緩，我絕對不允許。我先下手為強，朝飛龍掃射火魔法。不過，飛龍往前方闔起翅膀，擋住了火球。不愧是龍的一種，即使屬於比較弱的種類，牠們依然是龍。這種程度的攻擊魔法是奈何不了飛龍的。

既然如此，這招怎麼樣？我對飛龍放出熊熊火焰。飛龍大幅張開翅膀，發出「咕啊啊啊」的聲音，飛到了天上。

會飛真是太奸詐了。給我正面接下攻擊啦。

話說回來，我沒想到飛龍會跑來吃熊緩。既然要吃，應該去吃蘊含魔力的櫻花吧。為什麼牠們會想吃熊緩呢？

總之，不管發生什麼事，我都一定會保護熊緩。

我正要召回熊緩的時候，熊緩搖著頭叫了一聲，並往後退。

「熊緩？」

「咿～」

牠不情願地搖搖頭。

「你再不回去，就要被吃掉了。」

「咿～」

熊緩再度搖搖頭。

牠平常總是會聽從我的指示，這次卻表示反抗。

「你該不會是想跟我一起戰鬥吧？」

「咿～！」

熊緩高興地叫了。

熊緩與熊急是我心愛的家人。老實說，我不想讓牠們去做危險的事。

可是，熊緩說牠想跟我一起戰鬥。這份心讓我很高興。

飛龍總共有三隻。我方只有我和熊緩。其實我很不想讓熊緩跟試圖捕食牠的對手戰鬥。就算要違背熊緩的意願，我也想把牠召回。可是，熊緩想要跟我一起戰鬥。我決定坦然接受牠的心意。

「那好吧。」

我一邊嘆氣，一邊靠近熊緩，把手放到牠的頭上。可能是聽懂我說的話了，熊緩並沒有躲開。

「既然這樣，你可以跟我一起戰鬥嗎？」

「咿～！」

熊緩高興地叫了。

可是，如果情況真的很危險，我還是會強制召回牠。

「不過，你不可以勉強喔。」

「咿～」

我和熊緩開始準備應戰。我對天空發射無數支冰箭。飛龍躲開攻擊，使勁拍動翅膀，停留在空中。然後，牠大幅張開嘴巴，對地面上的我噴出火球。我用風魔法抵銷飛龍的火焰攻擊。面對飛在天上的敵人，果然對我很不利。

而且要同時對付三隻就更棘手了。

「熊緩，我們一隻一隻解決！」

「咿～！」

我跳了起來。雖然無法在天上自由飛翔，但我可以跳向高空。

我跳得比飛龍更高，然後轉了一圈，對飛龍的背部使出熊熊飛踢。可是，飛龍翻轉翅膀，躲過了熊熊飛踢。

好奸詐。

我無法在空中轉換方向，牠卻能飛向別的地方，太卑鄙了。

熊熊飛踢落空的我降落到地面上。這時其中一隻飛龍用銳利的爪子向我發動攻擊。要是被牠的腳抓住，就無法輕易掙脫了。

我往旁邊閃躲。飛龍的爪子刺中我原本站著的地方，在地上開出幾個洞。如果熊熊服裝被抓住，不知道會不會破掉？

那樣應該很痛，所以我一點也不想嘗試。

飛龍拍動翅膀，試圖再次起飛。

別想逃。

我可不會放過降落到地面的對手。

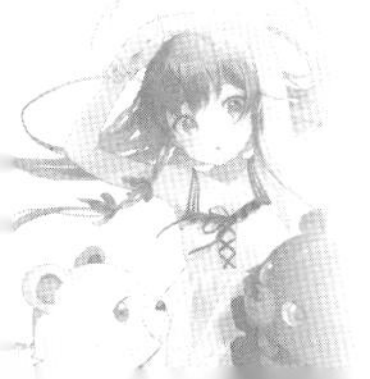

我使用風魔法，引起龍捲風。飛龍縮起翅膀，抵擋攻擊。我趁機放出火焰，用火龍捲包圍飛龍。

做到這個地步，牠總會受傷了吧？

然後，火龍捲消失，只剩下被灼傷的飛龍。

「贏了嗎？」

飛龍緩緩張開翅膀，牠的翅膀已經變得破破爛爛的了。但牠似乎撐過了火龍捲的攻擊。

飛龍的防禦力有這麼高嗎？

聽說魔物的防禦力與魔力成正比，但牠會不會太硬了？

以前是在毫無防備的情況下偷襲，所以才能輕鬆打倒。可是如果正面迎戰，飛龍就是難纏的對手。

不過，翅膀變成這個樣子，牠應該無法再飛了。

我從熊熊箱裡取出祕銀小刀。

右手的黑熊玩偶手套拿著黑柄的熊緩小刀。

左手的白熊玩偶手套拿著白柄的熊急小刀。

我用兩隻手分別握著小刀。

好了，能不能砍傷牠呢？如果砍不動，我就要跟打造這兩把刀的加札爾先生客訴了。

我跑向飛龍，對小刀灌注魔力。飛龍用受傷的翅膀防守，祕銀小刀卻輕而易舉地劃開了牠的翅膀。飛龍的翅膀防禦因此瓦解。我順勢繞到牠的背後，試圖切下礙事的翅膀。可是就在這個瞬間，飛龍的長尾巴往旁邊一掃。我立刻舉起手臂防禦，卻被牠打飛了。

飛龍張開翅膀，想要逃向空中，卻因為翅膀被祕銀小刀劃出致命性的傷口，所以無法飛翔。

我立刻重整姿勢，準備發動攻擊，這時另一隻飛龍噴出火焰，妨礙了我。我用風魔法抵銷這陣火焰。

真煩人。

我側眼確認熊緩的情況。熊緩也正在跟飛龍戰鬥。我得快點解決眼前這隻，過去幫牠才行。不幸中的大幸是，有兩隻飛龍的注意力都放在我身上。如果熊緩被兩隻飛龍同時攻擊，或許會被打倒。

況且，同時對付三隻應該會更辛苦。

我要趁熊緩拖住其中一隻的時候打倒對手。

我對雙腳灌注魔力，提昇爆發力。飛龍揮舞尾巴，但我躲開了。然後，我用熊緩小刀切下牠的尾巴。我順勢逼近飛龍，在轉身的同時用另一隻手的熊急小刀砍向飛龍的頭。

揮砍的觸感透過小刀，直接殘留在我的手上。與魔法不同，我能感受到劃開皮肉的觸感。可是，現在顧不了那麼多了。因為傷口太淺，飛龍還在繼續掙扎。我水平揮舞熊緩小刀，砍向飛龍的脖子。

飛龍最後使勁張開翅膀，便倒地不起。

這樣就解決一隻了。還剩下兩隻。

飛龍倒地後，天上的另一隻飛龍發出「咕啊」的聲音，降落到地面。只要打倒這隻飛龍，我就能去幫熊緩了。

我瞄了熊緩一眼。熊緩正在稍遠的地方跟飛龍戰鬥。

飛龍朝熊緩噴火。熊緩跳著躲開攻擊。

相對於在空中發動攻擊的飛龍，熊緩並不會飛。情況對熊緩來說是壓倒性地不利。可是熊緩沒有逃走，而是勇於應戰。

飛龍試圖用碩大的腳來抓住熊緩。

「熊緩！」

「咿～！」

熊緩躲開飛龍的爪子，衝撞飛龍的身體。飛龍被撞倒到地面。熊緩趁機發動攻擊。

熊緩的紅色爪子劃開飛龍的翅膀，使翅膀噴出鮮血。

哦哦，熊緩好強。

熊緩的爪子只要灌注魔力，就會變成紅色，而且能提昇攻擊力。我知道牠的爪子能造成一定程度的傷害，但沒想到還能劃開飛龍的翅膀。

雖然翅膀受傷了，飛龍卻還是想起飛。熊緩應該沒問題。

「熊緩，千萬不可以勉強喔。在我打倒剩下的飛龍之前，你只要拖住那隻就好。」

「咿～！」

我想快點解決第二隻飛龍，去幫熊緩。

我舉起小刀，看著天上的飛龍。飛龍拍動翅膀，引起一陣風。沙子和葉子隨風起舞。

我用風魔法抵銷攻擊，然後對飛龍射出冰箭。飛龍躲開冰箭，順勢向我撲來。

我往後踏步，閃避攻擊。我利用這股反作用力，朝前方的飛龍奔跑。我一路衝到飛龍面前，正要用小刀揮砍的時候，長長的尾巴從旁邊橫掃過來。

對我用同一招是行不通的。我蹲下來，躲開飛龍的尾巴。趁尾巴揮舞到底而停頓的時候，我用小刀砍了下去。

可是，傷口太淺了。飛龍用嘴喙朝我往下一刺。我用熊熊鐵拳毆打嘴喙的側面。嘴喙往旁邊一偏，飛龍的脖子便毫無防備地裸露在我眼前。

好機會。

我瞄準脖子，由下往上揮舞小刀。我還以為能命中的瞬間，剛才躲開的尾巴又回來了。尾巴的速度比我更快，把我打飛，使我翻滾到地面上。

可是多虧熊熊裝備，我毫髮無傷。

然而剛才明明是好機會，我卻錯過了。

接著，飛龍張開翅膀，試圖逃向空中。在這個時候被牠逃走就麻煩了。當我這麼想的時候，熊緩從後方衝撞了飛龍。飛龍沒能飛到天上，反而失去平衡，倒向地面。

「熊緩！」

飛龍從後方襲向熊緩。

我丟出右手所持的熊緩小刀，同時跑了出去。熊緩小刀深深刺入飛龍的身體中心，使牠的行動變得遲緩。我一邊奔跑，一邊在熊熊玩偶手套上凝聚魔力。熊熊玩偶手套開始放出電流。

我從熊緩身旁衝過去，然後往上跳起，朝撲向熊緩的飛龍使出電擊熊熊鐵拳。

電擊熊熊鐵拳打中了飛龍的身體，把牠電得渾身僵硬。飛龍無法再拍動翅膀，跟我一起往地面墜落。

飛龍的身體重擊地面，而我則是以雙腳安全落地。我握緊祕銀小刀，砍向飛龍的脖子。

我馬上趕到熊緩身邊。

熊緩正在對倒地的飛龍使出熊熊鐵拳。

「熊緩，你讓開！」

我這麼大叫，熊緩便離開飛龍。我用熊緩小刀砍向倒地的飛龍的脖子。所有的飛龍都已經被我們打倒了。

「……結束了。」

「咿～」

「熊緩，謝謝你。」

我溫柔地撫摸熊緩，向牠道謝。

395 菲娜隱瞞密室的事（第四天）

優奈姊姊留下我們，走出了房間。

她的表情就像是在說「不用擔心」。優奈姊姊正要跟熊緩一起回到有許多魔物聚集的島上。

雖然我很想跟她說「不要走」，但我還是沒辦法阻止她。優奈姊姊離開房間之後，門緩緩關了起來。熊急看著那扇門。我想牠一定是覺得很寂寞吧。修莉抱住了這樣的熊急。只要有熊急在，修莉就很乖巧。可是，希雅大人的表情有些不安。

「菲娜，這裡真的沒問題嗎？」

這裡位於克里莫尼亞，是優奈姊姊家的地下室，絕對不會受到魔物的攻擊。可是，我不能對希雅大人說出這件事。這裡是克里莫尼亞的優奈姊姊家的事是祕密。

而且，就算我說通過那扇熊熊之門就能抵達克里莫尼亞的優奈姊姊家的地下室，其他人應該也不會相信。

所以，我這麼回答：

「是的，這個房間不怕任何魔物的攻擊。」

我說得非常肯定。

這扇熊熊之門好像可以通往各式各樣的地方。所以，門一旦關上，似乎就不會再連接著原本的地方。因為這樣，就算把外面的門弄壞，這個房間的門也不會壞掉。

所以優奈姊姊說過，不論發生什麼事，這個房間都很安全。可是，優奈姊姊當時也有半開玩笑地笑著說「如果克里莫尼亞被魔物襲擊，這裡或許也會有危險吧」。

即使如此，地下室裡面應該還是很安全的。

希雅大人從椅子上站起來，在房間裡走動，然後走到熊熊之門前面。

這扇門是對開的造型，左右兩邊都有熊熊的浮雕。只要打開這扇門，就可以前往各種地方，真的非常不可思議。也許優奈姊姊就是使用這扇門來到克里莫尼亞的吧。我以前曾問她是從哪裡來的，她說是「非常遙遠的地方」。可是，她說得好像自己永遠回不去了，所以可能不是我想的那樣。畢竟只要有門就能回去嘛。

希雅大人觸碰熊熊之門，試圖把門打開。

「奇怪？打不開耶。」

希雅大人試著推或拉，門卻動也不動。

「希雅大人，這扇門是打不開的。」

「是嗎？」

「優奈姊姊說過，這扇門只有她能打開。所以，魔物或其他人都進不來，我們絕對不會有危險。」

就算有盜賊或壞人來，也沒辦法打開這扇門。

「既然打不開門，只要破壞旁邊的牆壁……」

希雅大人敲了敲門旁的牆壁。

「我想，牆壁應該是不會壞的。」

「那這個房間一定很堅固。」

因為這裡是克里莫尼亞的優奈姊姊家的地下室，所以與其說是堅固，不如說是牆壁裡面只有土而已。所以不管房間裡的人怎麼敲，牆壁也不會壞掉。我總覺得自己是在欺騙希雅大人，感覺有點心痛。

「可是，這裡連窗戶都沒有，完全無法得知外面的狀況呢。就算知道這裡很安全，不清楚外面的狀況還是讓人有點不安。」

這個房間並沒有窗戶。畢竟是地下室，所以也沒辦法。

希雅大人放棄開門，回到位子上。

「萬一有什麼事，熊急會告訴我們，所以沒問題的。」

「也對，有魔物靠近的時候，熊急會告訴我們。」

「咿～」

熊急用叫聲回應希雅大人。牠是想說「交給我」嗎？我不是優奈姊姊，所以不知道熊急在說什麼。

我很羨慕優奈姊姊可以聽懂熊緩和熊急在說什麼。我也很想跟熊緩和熊急聊天。

「話說回來，優奈小姐的家真的到處都是熊呢。這棟房子是熊，門也是熊。本人明明討厭被嘲笑，卻還是打扮成熊的樣子。」

「可能是因為喜歡熊，所以才討厭被嘲笑吧。」

「那我就能理解了。可是，我從來沒見過那麼喜歡熊的人。就是因為這樣，她才能得到熊的召喚獸嗎？」

或許真的是那樣。

不只房子是熊熊，能跟遠方的人對話的魔導具也是熊熊的造型，就連載人的馬車也是熊熊。優奈姊姊一定是個很喜歡熊熊的人。

聊了一陣子，希雅大人好像也慢慢平靜下來了。然後，我望向修莉，發現她離開熊急身邊，打開了冰箱。

「修莉？」

「姊姊，冰箱裡有布丁和蛋糕耶。我可以吃嗎？」

修莉好像想吃點心。

明明剛才還待在到處都是魔物的地方，我的妹妹卻沒什麼緊張感。

可是，優奈姊姊有拜託我，如果必須用到這個房間，我就要幫忙「安撫大家」。看樣子，我好像不需要擔心這一點了。

「我想應該可以，但是不能吃太多喔。」

「嗯！」

修莉拿出布丁和蛋糕，坐在熊急背上吃了起來。

啊啊，不可以讓食物掉到熊急身上喔。

「修莉，也有我的份嗎？」

「有啊。」

看到修莉吃起布丁，希雅大人也從冰箱裡拿出蛋糕。

「菲娜要不要吃？」

「好的，謝謝希雅大人。」

我拜託希雅大人，她便替我拿了一塊蛋糕。

不管怎麼樣，我都不能表現出不安的樣子，所以我決定跟希雅大人一起吃蛋糕。蛋糕果然很好吃。

可是，優奈姊姊一個人留在有魔物的島上，我們還這麼悠閒，真的好嗎？

「不知道優奈小姐有沒有事？」

希雅大人吃著蛋糕，同時低聲這麼說。

「優奈姊姊很強，所以沒問題的。」

我不能說出會讓希雅大人和修莉擔心的話。

「優奈小姐明明打扮成那個樣子，卻很強。她打倒黑虎的時候真的很厲害呢。而且在那之後，她還一個人打倒了上百隻野狼。」

另外還打倒了虎狼、黑蝰蛇、哥布林王、毒蠍。優奈姊姊真的很厲害。

「而且如果有什麼萬一，優奈姊姊應該會回來的。」

「說得也是。她連黑虎都能打倒了，如果只是紅喙鴉的話，應該不需要擔心吧？」

「希雅大人，紅喙鴉很強嗎？」

我很少聽說關於紅喙鴉的事，所以不知道牠們有多強。

「嗯～對普通人來說是有點威脅，但優奈小姐那麼強，應該沒什麼危險吧？優奈小姐會用劍和魔法，還能贏過身為騎士團長的路圖姆大人，對付紅喙鴉應該只是小意思。」

我記得路圖姆大人是在校慶上跟優奈姊姊對戰過的騎士。那場比賽真的很精彩。當時的優奈姊姊非常帥氣。

「可是，不能離開房間，真的很無聊呢。」

過了一陣子，希雅大人這麼小聲說道。

吃完布丁和蛋糕後，我們就無事可做了。

「啊，有玩具耶。」

修莉從櫃子上的箱子裡找到了玩具。她找到的東西是黑白棋和撲克牌。我都忘記了，優奈姊姊有說過，想打發時間的時候可以玩這些東西。

她說人什麼都不做的時候就容易往壞處想，所以玩遊戲有助於分散注意力。

修莉，做得好。

「我記得這個叫做撲克牌吧？」

以前去王都的時候，我們有一起玩過撲克牌。

「可是，那邊那種玩具，我就沒見過了。」

「這是黑白棋喔，希雅姊姊，我們來玩吧。」

「好啊，妳可以教我怎麼玩嗎？」

「嗯。」

修莉開始教希雅大人玩黑白棋。

「玩法很簡單呢。那我們來比賽吧。」

我們開始一起玩黑白棋。

噠、噠噠。兩個白棋變成黑棋。

噠、噠噠噠噠。四個黑棋變成白棋。

黑色熊熊變成了白色熊熊。雙方差距很大，就算不細數也能看出勝負。

「我又輸了～」

「熊急，我贏了耶。」

贏過希雅大人的修莉高興地抱住熊急。

「我剛才輸給菲娜，這次又輸給修莉了。」

「這也沒辦法，畢竟希雅大人是第一次玩嘛。我和修莉常常跟孤兒院的小朋友一起玩，所以知道要怎麼贏。」

「這種叫做黑白棋的遊戲雖然簡單，卻也需要一點戰術，很有趣呢。像是故意讓對手吃掉棋子，然後再搶回來；甚至是犧牲一點棋子，攻佔邊緣的部分。需要考慮的地方有很多呢。」

「只想著要吃掉很多棋子是贏不了的。」

「這也是優奈小姐做的玩具嗎？」

「是的，她說是要做給孩子們玩的。她還說玩這種遊戲可以學習思考，雖然我不是很懂。」

優奈姊姊說過，玩黑白棋可以學習猜測對手的想法。

我們的確會想像對手的下一步，然後再思考要怎麼下棋。所以，如果對手下在意想不到的地方，就會令人很驚訝。

除此之外，撲克牌還有需要加減數字的遊戲。大家都會為了玩遊戲，努力學習怎麼算數。

所以孤兒院的孩子們都懂得簡單的計算。

「這的確需要用到頭腦呢。什麼都不想是贏不了的。如果想贏過對手，就得思考許多事。」

優奈姊姊說過，如果從小就養成思考的習慣，就能加強思考能力。她希望我們不要只是聽從別人說的話，而是學會自己思考。

她說要活下去，思考是非常重要的一件事。

而且，我們也會透過繪本來學習認字。院長、莉滋小姐和妮芙小姐都會唸書給孩子們聽，所以大家都會漸漸學到愈來愈多詞彙。

孤兒院有各式各樣的繪本，最受歡迎的是優奈姊姊畫的熊熊繪本。可是熊熊繪本裡有我，所以我覺得有點害羞。

優奈姊姊還會畫繪本的續集嗎？

我正在想這件事的時候，希雅大人開口說道：

「菲娜、修莉，再跟我玩一局吧。」

「嗯，好啊。」

「好的。」

她們兩個人已經忘記優奈姊姊的事，專心地玩著黑白棋和撲克牌。

可是，如果優奈姊姊太晚回來，她們應該還是會擔心。

所以優奈姊姊，請妳快點回來吧。

玩完撲克牌和黑白棋之後，希雅大人抬頭看著門。

「話說回來，優奈小姐真慢。她應該沒事吧？熊急，外面還好嗎？」

希雅大人有點不安。

也許希雅大人只是不想讓修莉擔心，所以才會一直表現得很平靜。

「咿～」

雖然只是我的猜想，但我覺得熊急的叫聲好像是在叫我們不要擔心。

「既然熊急都這麼說了，應該沒問題吧。」

希雅大人好像也有同樣的感覺。

「既然沒事，我也想去外面看看，可是門卻打不開。」

「是的。為了防止有盜賊闖進來，只有優奈姊姊能打開這扇門。」

「可是，萬一優奈小姐出了什麼事，我們能離開這個房間嗎？」

我們沒辦法從這扇門離開，只能從暗門出去。可是，我還不能說出這件事。

「那個，我……」

「菲娜，妳好像知道什麼呢。」

「對不起。」

「既然這樣，在優奈小姐回來之前，我們再玩一局吧。這次我不會輸的。」

希雅大人微微一笑，並沒有繼續追問。

後來，我們又玩了一局黑白棋和撲克牌。

過了一陣子，熊熊之門打開了。

396 熊熊逃離島嶼（第四天）

雖然折騰了一陣子，但我還是平安打倒飛龍了。可想而知，跟正在睡覺而毫無防備的飛龍比起來，主動攻擊的飛龍顯然更耐打。幸好當時牠們都在睡覺。如果要跟清醒的飛龍戰鬥，事情應該會變得相當麻煩。

我往天上一看，發現長長的脖子已經消失了。

「已經結束了嗎？」

我用探測技能確認了好幾次，並沒有看到紅喙鴉、飛龍或克拉肯的反應，也沒有其他的魔物來到島上。看樣子，事情真的結束了。

接下來只要回收飛龍，再去接菲娜她們就行了。

我正想休息一下的時候，熊緩叫了一聲。

「怎麼了？」

熊緩看著大海。

我走向熊緩看著的海岸。舒適的微風從海上吹來。我看著海面，感到有點奇怪。好像有什麼不對勁。

仔細一看，漩渦已經消失，海水的流向改變了。海水正從左邊流向右邊，感覺就像是一艘船正在航行。

我打開熊熊地圖，發現整座島無疑是在移動。而且，速度正在慢慢加快。

糟糕了。時間過愈久，這座島就會離密利拉鎮愈遠，使得回程的路途更漫長。

我得快點帶菲娜她們回去才行。

我暫時擱置克拉肯三兄弟和飛龍的回收工作，立刻起跑。熊緩跟在我的後頭。

回去之前，我必須先確認一件事。

我使盡全力奔跑，只花數十秒就來到櫻花樹所在的地方。櫻花樹的花瓣不再發光，泡泡也消失了，所以並沒有夢幻般的景象。

確認完櫻花樹周圍之後，我完成了來這裡的目的之一——設置熊熊傳送門。然後，我馬上跑回設置熊熊屋的庫琉那．霍克的石碑附近，在同樣的地點拿出熊熊屋。

我放著大家不管，已經過了好一段時間。修莉或許會哭出來。希雅或許會很不安。知道內情的菲娜或許會因此感到困擾。大家或許會擔心我的安危。

我一走進熊熊屋便立刻前往放著熊熊傳送門的房間。熊緩也跟在我後面。然後，我打開熊熊傳送門，踏進菲娜等人所在的房間。

我想大家一定都很擔心我吧。可是，我眼前的景象卻是……

「啊啊啊，我的黑棋！修莉，妳也手下留情一點嘛。」

「優奈姊姊說玩遊戲就要認真玩，不然就不好玩了。」

「話是這麼說沒錯啦。」

希雅趴在桌上。

「菲娜比修莉還強，我完全贏不了。」

「可是，戰況變得愈來愈精彩了。希雅大人學得很快呢。」

桌上放著黑白棋和撲克牌，大家都在享受下棋的樂趣。看來沒有任何人正在擔心我。我在外面跟飛龍戰鬥的期間，她們三個人好像都在玩。雖然這樣總比擔心害怕好，卻讓我覺得心情很複雜。

我剛才正在跟飛龍戰鬥耶，還滿辛苦的耶。她們不知道島上有飛龍，所以這也沒辦法，但我總覺得有點傷心。熊急是所有人之中最早注意到我的，於是牠跑到我的身邊。

「熊急，我回來了。」

「咿～」

看來熊急很擔心我。熊急真是個小天使。當然了，熊緩也是小天使喔。

我抱緊熊急時，菲娜她們也注意到我了。

「優奈姊姊！」

「菲娜，我回來了。大家……好像都沒事呢。」

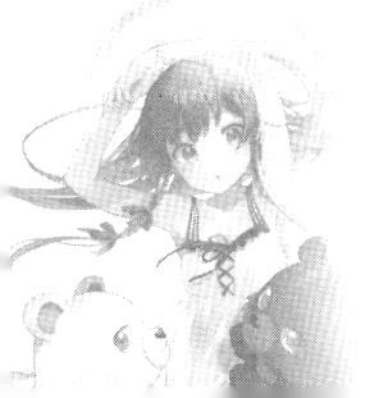

「優奈小姐，妳回來啦。我好擔心喔。菲娜還說這扇門只有優奈小姐打得開。」
「為了確保安全，除了我以外的人是打不開的。」
才怪，其實是要用熊熊玩偶手套才打得開。
修莉跑到我面前，抱住了我。
「修莉，我回來了。」
「優奈姊姊，歡迎回來。」
我摸摸修莉的頭。她是不是也很擔心我呢？
「優奈姊姊，妳有沒有受傷？」
「沒有喔。」
「熊緩也沒事吧？」
修莉這麼問熊緩。熊緩叫了一聲，就像是要表達自己沒事，牠靠過去磨蹭修莉。
「抱歉讓妳們擔心了。大家都沒什麼事吧？」
「我們還一起玩遊戲呢，沒什麼事。」
看來菲娜有努力安撫大家。
「優奈小姐，如果妳有好幾套同樣的玩具，可以分我一套嗎？我想帶回去當禮物。」
「可以啊。」
「優奈姊姊，布丁和蛋糕都很好吃喔。」

桌上放著吃到一半的蛋糕和空的布丁杯。看來大家真的不害怕，過得很悠閒。

可是，我還是想說句話。大家是不是忘記外頭的狀況了？

算了，這樣總比害怕得哭出來要好。

「優奈姊姊，外面已經沒事了嗎？」

「對喔，優奈小姐，魔物呢？」

希雅就像是現在才想起來，這麼問道。

「外面已經沒有魔物了，很安全。不過，因為這座島開始移動了，所以我們要快點離開。」

我叫三人走出房間。

「請等一下，我們還要收拾東西。」

「晚點再收拾吧。再繼續拖下去，可能會搞錯回密利拉鎮的方向，所以我們要馬上離開這座島。」

因為我有熊熊地圖的技能，所以現在還不用擔心會迷路。可是，如果拖太久，跑到熊熊地圖的範圍外，就會迷失回去的方向。

三人聽懂了我說的話，趕緊準備離開房間。一走出房間，我便關上熊熊傳送門。我們走出島上的熊熊屋之後，我馬上把熊熊屋收進熊熊箱。

先走到外頭的三個人從岸邊眺望著海面。

「真的耶，整座島正在移動。」

「那這座島真的是塔古伊嘍。」

因為現在塔古伊的頭已經潛入海中，所以對她們三個人來說，塔古伊的存在有點曖昧不明。

「我等一下再說明，總之現在要馬上離開這座島。妳們快騎上熊緩和熊急！」

菲娜和希雅騎上熊緩，我和修莉騎上熊急。熊緩與熊急開始奔跑，往島嶼的另一頭前進。眼前的海面在前進的方向上，所以從這裡出海是很危險的。因此，我決定從看似塔古伊後方的位置離開。

熊緩與熊急在島上奔跑，中途經過了飛龍的屍體旁邊。

「飛龍？」

看到飛龍的屍體，希雅等人很驚訝。雖然另外還有克拉肯的屍體，但因為我把牠們燒掉了，所以已經面目全非。

「優奈小姐，這裡發生了什麼事？」

「我晚點再解釋，現在要先離開島上才行。」

來到島嶼的最尾端，熊緩與熊急便朝海裡一跳，落在海面上。我們順利逃離島上。

「島愈來愈遠了。」

雖然熊緩與熊急只是站在海上，巨大的島嶼——塔古伊卻漸漸離去。牠下次回到這裡，或許是幾年後的事了。

載著我們的熊緩與熊急在海上奔馳，往密利拉鎮前進。

「優奈小姐，剛才的飛龍……」

「就跟妳想像的一樣，當時有飛龍出沒。」

「這麼說來，打倒飛龍的人就是妳嗎？」

「因為我想安全地離開這座島，而且如果讓飛龍跑到密利拉鎮，後果會比紅喙鴉更嚴重。」

我們只要用熊熊傳送門就能逃走。

可是，那些魔物會把熊緩當成獵物。一想到有這種魔物出現在漁船到得了的距離，我就無法放心回到克里莫尼亞。

「原來我們在安全的房間玩遊戲的時候，優奈小姐都在替我們戰鬥。我們總是受到優奈小姐的幫助呢。」

「保護妳們就是我的責任嘛。」

如果她們三個出了什麼事，我會後悔莫及。

「不過，真的好可惜喔。明明得知了傳說中的生物——塔古伊的存在，卻什麼都沒有調查到。」

「這樣比較好。畢竟庫琉那・霍克之書上面也寫說，他不希望別人知道塔古伊的事。我好歹也是叫出庫琉那・霍克之書的善人，有義務遵守約定。所以，這次的事情是我們之間的祕密喔。」

「嗚嗚，可惜我沒能叫出那本書。」

「如果妳灌注足夠的魔力，一樣能叫出來的。還是說，因為妳是會打破約定，對別人洩漏祕密的人……」

「我才不是呢。我不會說出去的。妳說得對，我只是魔力不夠而已。」

希雅這麼否認。也對，沒有人會想把自己當成壞人。不過，從那塊石碑叫出書本的條件確實不明。

「菲娜和修莉也要保密喔。」

「嗯。」

「好的。可是，我們不在的事情要怎麼解釋呢？我想諾雅大人一定已經發現了。」

其實我本來打算早點回去。

但太陽已經快要下山了。

菲娜說得有道理。諾雅不可能沒發現我們不見了。

「既然這樣，我們就隱瞞庫琉那·霍克、塔古伊和魔物的事，假裝我們去附近的島上探險就好了。」

「那樣的話，應該瞞得過去。」

「可是，沒有帶諾雅一起去的理由，就請優奈小姐說明嘍。」

「這種事還是請身為姊姊的希雅……」

「我不行啦。她反而會覺得我偷偷跟優奈小姐和熊緩與熊急一起玩，逼問我為什麼不找她。所以，我才想請妳幫幫我呢。」

還不都是因為希雅說要跟過來。

可是，大家都答應我要保密了，我也只好接下這項任務。萬一交給她們三個人，結果露出馬腳就糟了。

「那好吧。我會負責解釋，但妳們一定要保密喔。」

「好的。」

「嗯。」

「我知道了。」

雖然發生了很多事，但幸好大家都能平安回去。

397 熊熊決定製作押花（第四天）

我們回到當初出發的海岸。

然後，我們騎著熊緩和熊急來到城鎮入口，負責看守大門的叔叔便對我們說道：

「小姑娘，妳們也太晚回來了。我有點擔心呢。」

「我們只顧著玩，不小心忘了時間。」

太陽已經快要下山了。

不只是探索島嶼，甚至遇到魔物出沒，我們因此而晚歸。不過，幸好我們能趕在入夜之前回來。

跟守衛叔叔打過招呼後，我們穿過大門，直接回到孩子們玩水的海水浴場，卻沒看到孩子們的蹤影。

現場只剩下熊熊滑水道和海邊（熊熊）之家。

「沒有人在呢。」

「大家好像已經回去住宿的地方了。」

我們前往熊熊大樓。

熊熊大樓裡透出燈光，我們一進屋，便在一樓的飯廳看到院長和幾名孩子的身影。食物的香味從深處的廚房飄了過來。莫琳小姐和安絲她們似乎正在做菜。

「優奈小姐，歡迎回來。」

院長向我打招呼。

「我回來了。大家都還好嗎？」

「是，孩子們今天也玩得很開心。只不過，諾雅小姐一直在找優奈小姐妳們。」

我就知道。

「……呃，她有說什麼嗎？」

「這個嘛，她有點生氣。」

院長有點難以啟齒地這麼說。

「她該不會也在生我的氣吧？」

希雅指著自己，這麼問道。

「是的，她說希雅小姐和菲娜都很奸詐。」

「我也是嗎？」

菲娜露出傷腦筋的表情。

我能輕易想像諾雅鼓起臉頰生氣的樣子。

「那諾雅人呢？」

「我想她應該已經回房間了。」

看來我們只能去房間安撫她了。

我們看著階梯，正打算去房間的時候，堤露米娜小姐下來了。

「哎呀，菲娜、修莉，妳們回來啦。」

「媽媽，我回來了。」

「我回來了～」

菲娜跑到堤露米娜小姐身邊，修莉則抱住堤露米娜小姐。

「妳們這麼晚回來，跑去哪裡了？」

「呃，那個……」

「是祕密喔。」

菲娜和修莉確實有遵守保密的約定，但似乎很不擅長說謊。

「哎呀，連對媽媽都不能說嗎？」

「因為我們跟優奈姊姊約好了。」

堤露米娜小姐撫摸修莉的頭，同時看著我。

「妳該不會教了我的女兒做壞事吧？」

「才不是壞事呢，我們只是去附近的島上探索了一下而已。」

我並沒有說謊。

「島？真的嗎？」

堤露米娜小姐詢問菲娜和修莉。

「嗯。」

姊妹倆看著我點頭。

我們沒有連細節都串通好，所以她們似乎不知道哪些事可以說。

「既然這樣，為什麼要保密？」

「要是其他孩子聽說之後也想去，那就傷腦筋了。」

要是聽說這件事，不只是諾雅，其他孩子也有可能吵著要去。

「如果大家都說想去，的確很傷腦筋呢。」

堤露米娜小姐接受了我的解釋。

「所以，那座島好玩嗎？」

「嗯，蘋果很好吃喔。」

「蘋果？」

「嗯。」

修莉點點頭。

「還有，還有，那裡的花很漂亮喔。」

「花嗎？」

修莉不斷轉換話題，堤露米娜小姐笑著聆聽。她們母女的感情真的很好。
「啊，對了。媽媽，我們有禮物要給妳喔。姊姊，拿出來吧。」
聽到修莉這麼說，菲娜似乎這才想起來，於是從道具袋裡取出花朵。
那是開在塔古伊身上的花嗎？
雖然發生了那種騷動，但她們似乎摘了花，放進菲娜的道具袋。
「哎呀，這些花是要送給我的嗎？」
「嗯。」
「這是我們兩個人一起摘的。」
「謝謝妳們送我這麼漂亮的花。」
堤露米娜小姐高興地收下菲娜遞出的花。
「那裡開了好多漂亮的花喔。」
修莉或許是忘了魔物的事，高興地這麼說著。
這樣總比留下心靈創傷好。她跟菲娜一樣，是很堅強的孩子。
「媽媽也很想看看呢。」
堤露米娜小姐看著花，這麼說道。
「我等一下就拿來裝飾房間。」
這棟房子裡有花瓶這種文雅的東西嗎？

真要說的話，比起花朵，我比較想收到有用的東西。因為我沒有插花之類很女孩子氣的興趣，所以熊熊箱裡也沒有花瓶。

不過，只是花瓶的話，應該能用土魔法做出來。

「話說回來，一想到這麼漂亮的花過了幾天就會枯掉，就讓人覺得很可惜呢。」

那也沒辦法。鮮花無法長期保存。如果有相機就能拍成照片了，但這個世界沒有那種東西。如果由我畫下來，那就不算是修莉和菲娜送的禮物了。

我稍微思考了一下，想到一個好點子。

「既然這樣，做成押花就可以了吧？」

「押花？」

修莉歪起頭來。

她該不會是不知道押花吧？

可是，這時有別人說話了。

「我也做成押花好了。」

希雅好像知道什麼是押花，贊同了我的提議。押花該不會是只有上流社會的家庭會做的東西吧？

「優奈姊姊，押花是什麼？」

「簡單來說，就是用書之類的扁平東西把花夾起來，做成乾燥的花。做成押花就能保存很

久，還可以放在漂亮的畫框裡，用來裝飾房間。只不過，花會被壓扁是唯一的缺點。」

我在小學的時候做過，所以還記得做法。雖然比不上專業人士的作品，但我應該做得出來。

「只要沒有做錯，花就不會枯掉了。只是花的顏色會變得有點不一樣。」

沒有確實去除水分的話，花朵就會腐壞。我記得有乾燥劑就沒問題了。我曾經在這個世界看到有人在賣乾燥劑。

聽說盡量密封，避免接觸空氣，就能防止變色。雖然還有其他細節，但應該不至於做不出來。

「既然這樣，我們要回家再做嗎？家裡應該有道具。啊，可是回到家之前，花就會……」

「我可以幫妳們保管花。放在我的道具袋裡就不會枯掉了。」

「對喔，優奈小姐有特殊的道具袋呢。」

只要放在熊熊箱裡，花就不會枯掉了。

「修莉，妳呢？」

「不會枯掉嗎？」

「我會好好保管的。」

「嗯，好。優奈姊姊，花給妳。」

提露米娜小姐聽到修莉這麼說，便把花交給我。我用熊熊玩偶手套接過花，放進熊熊箱。

「優奈小姐，我的份也可以拜託妳嗎？」

看來希雅好像也有摘花。她們三個人都很有女孩子氣。

「可以啊。菲娜也有摘花的話，我可以保管。」

「謝謝優奈姊姊。」

我收下希雅和菲娜的花，收進熊熊箱。

等回到克里莫尼亞，我們就要來做押花了。

「啊，優奈小姐回來了。」

「真的耶。」

我們正在聊押花的事時，諾雅與米莎從階梯上走了下來。她們一看到我，就馬上向我奔來。

「優奈小姐，妳到底去哪裡了？竟然瞞著我偷偷跑掉，太過分了。如果要去其他地方，也帶我一起去嘛。」

「抱歉。其實我本來打算一個人去的，卻被菲娜她們逮到，叫我帶她們一起去。」

而且，熊緩和熊急的承載人數已經客滿了。諾雅和米莎很嬌小，並不是坐不下三個人。可是，如果連跟著她們的瑪麗娜和艾兒都說要來，那就完全超載了。

「菲娜和姊姊大人都太奸詐了。」

「我也這麼覺得。」

諾雅和米莎稍微鼓起臉頰。好可愛。

「別生氣嘛，我不是故意要排擠妳們的。」

「真的嗎？不是因為我們很礙事吧？」

「如果我覺得妳們很礙事，當初就不會帶妳們來密利拉鎮了。我原本真的是打算一個人去。」

我看著另外三個人。

「我本來是要陪修莉去上廁所，結果剛好見到要去其他地方的優奈姊姊。」

「我從廁所出來，就看到優奈姊姊要走了。」

「我原本在喝飲料，剛好看到優奈小姐想要偷偷離開。」

菲娜、修莉與希雅紛紛說明原委。

「原來我們在玩的時候，發生了那種事。嗚嗚，下次請一定要找我們喔。」

看來她們並沒有那麼生氣，應該只是感到寂寞而已。想到這裡，我覺得自己很對不起她們。

「所以，優奈小姐妳們到底去了哪裡？」

「我們去探索附近的島嶼，想看看有沒有什麼好玩的東西。」

我們去其他島嶼的事情已經跟堤露米娜小姐說過了，透露這一點應該沒問題。硬要全部隱瞞的話，反而會招來更多懷疑，也讓人更好奇。

「探索島嶼嗎？該不會是那座移動島嶼吧！」

好敏銳。

「不是啦。」

我還是不能說實話。

「是嗎？我還以為優奈小姐一定會想去呢。」

我的性格都被看穿了。

「既然這樣，我也想去妳們去過的那座島。」

「我是很想帶妳去，但那裡有魔物，所以不行喔。」

這是真的。

「真的嗎！既然有優奈小姐在，大家應該沒事，但不會很危險嗎？」

「我們都躲在優奈小姐的房子裡，所以沒事。而且優奈小姐一如往常地替我們打倒魔物了。」

希雅這麼替我說話。

「不愧是優奈小姐。可是既然有魔物，我就不能說要去了。要是勉強優奈小姐帶我去有魔物的地方，就會給優奈小姐添麻煩。而且如果父親大人和母親大人知道了，我一定會挨罵。」

諾雅並沒有說「有優奈小姐和瑪麗娜她們在就沒問題了」，所以我覺得她很懂事。她懂得分辨是非善惡。

「不過就算是這樣，我還是覺得妳們太晚回來了。」

「島上開著漂亮的花，所以我們在那裡休息了一下。」

我拿出菲娜等人交給我保管的花。

「回到克里莫尼亞之後，我們要用這些花來做押花，妳們要一起做嗎？」

「押花嗎？」

「就是把花押成乾燥花。成功的話就會很漂亮喔。」

「好的，我想做。這次請不要再排擠我們了喔。」

聽到我的邀約，諾雅露出高興的表情。

「回到克里莫尼亞之後，米莎也一起做吧。」

「好，我會拜託爺爺大人的。」

諾雅與米莎的心情總算恢復，於是開始聊起我們不在的時候，她們跟孤兒院的孩子們一起玩滑水道的事。

看來她們也跟孤兒院的孩子們成了好朋友，太好了。

然後，莫琳小姐與安絲等人做的料理終於上桌，我們便享用了一頓美味的晚餐。

398 熊熊回到島上（第四天）

「謝謝妳們幫忙放洗澡水。」

因為今天我們比較晚歸，所以諾雅和米莎，以及瑪麗娜、艾兒和露麗娜小姐幫忙放了洗澡水。

「因為我們答應要幫忙嘛。」

今天是孩子們和其他人先洗澡，接著換菲娜和修莉要跟堤露米娜小姐先洗，而我是最後洗澡的人。

諾雅與米莎也陪著我一起洗澡。

「諾雅有幫忙打掃，明明可以第一個洗的。」

「因為自從來到密利拉，我都還沒有跟優奈小姐好好聊過嘛。」

的確，第一天是分頭玩；第二天也分頭行動；第三天同樣是去別的地方，而且我明明答應下午要一起玩，卻因為累倒而休息，結果又去了塔古伊。

「所以，我想盡量找機會跟妳聊天。」

「我也是。」

「抱歉。」

「可是，既然優奈小姐答應明天要跟我們在一起，那就好。」

因為發生了今天的事，我答應明天要跟諾雅她們一起玩。

「對了，妳們上午不是去鎮上參觀嗎？有學到什麼嗎？」

「有的，鎮上有很多我們從來沒見過的東西，讓我們學到很多。」

諾雅這麼說，米莎也點點頭。

「看到自己的城市裡沒有的東西，我就希望自己的城市也有。」

要察覺這一點，就得先知道自己的城市有什麼東西。換句話說，諾雅和米莎都很清楚自己的城市有什麼東西。

諾雅經常笑著說她「到街上散步是為了學習」，但我到現在才明白，這對領主女兒來說真的是一種學習。

「多虧優奈姊姊大人，我也能到家門外自由走動了，最近都覺得很開心。」

米莎也高興地這麼說道。

直到不久前，米莎的祖父——葛蘭先生還要跟笨蛋貴族一起治理城市。

兩家的交情很差，那個笨蛋貴族的兒子還會欺負米莎。

可是，後來發生了很多事，笨蛋貴族已經消失，葛蘭先生則負起責任，把領主的職位讓給身為兒子的李奧納多先生，所以現在是米莎的父母在治理城市。

能守護她的笑容，我真的很慶幸。

那天晚上，大家都進入夢鄉的時候，我透過熊熊傳送門來到塔古伊。

打開門就是一片漆黑。這裡沒有路燈，只有月光和星光照耀著大地。

我用魔法做出光球。熊頭形狀的光球照亮了四周。

「熊緩、熊急，走吧。」

「「咿～」」

普通尺寸的熊緩和熊急通過熊熊傳送門，跟著我走。

確認熊緩和熊急通過了門之後，我把設置於塔古伊的熊熊傳送門收起來。當時我急著設置，所以想換到比較好的地點。

我望向櫻花樹。櫻花樹目前沒有發光，讓我覺得有點可惜。如果有發光，黑夜中的閃亮花朵應該很漂亮。只不過，那樣也會引來魔物，根本沒有閒情逸致賞花。

不論如何，我要去回收先前打倒的飛龍。

好不容易打倒，不收起來就太浪費了。

我記得是在這個方向。因為塔古伊正在移動，所以就算打開熊熊地圖也派不上用場。所以我觀察周遭，靠著記憶尋找我與飛龍戰鬥的地點。

可是，白天的景色與晚上不同，有點難以分辨。看不清遠方是最大的難處。

「熊緩、熊急，你們知道我是在哪裡打倒飛龍的嗎？」

「「咿～」」

我也用魔法在熊緩與熊急上方變出光球。熊頭形狀的光球飄浮在熊緩與熊急的上方。熊緩與熊急邁出步伐，熊熊光球便跟著牠們移動。而且牠們倆都朝著同樣的方向前進。看來牠們比我更清楚方向。

我默默地跟著牠們，就找到當時打倒的飛龍了。

因為這裡沒有其他的魔物或動物，所以飛龍仍然維持我打倒時的狀態。我順利回收所有的飛龍。

另外還有克拉肯，但都已經被火焰燒光了。

我請熊緩和熊急帶我去克拉肯所在的地方。克拉肯呈現軟爛又焦黑的奇怪狀態。

嗯～這樣肯定不能當作素材來使用。如果是遊戲，不管用什麼方法打倒都能拿到素材，但現實可沒有那麼簡單。

不過，錯就錯在我什麼都不想就用火焰來攻擊牠們。

我可不想把這種狀態的克拉肯收到熊熊箱裡面。可是，放著不管又會引來魔物。既然如此，丟到海裡是不是比較好呢？

「但我還是想要魔石。該怎麼辦呢？」

我這麼低聲說道，熊緩和熊急便叫了一聲，然後鑽進克拉肯的屍體裡。

「熊緩！熊急！」

我呼喚名字的時候，熊緩和熊急已經跑到克拉肯的屍體裡了。

過了一陣子，熊緩和熊急咬著魔石回到我面前。

「……呃，謝謝你們兩個。可是，我要先召回你們喔。」

熊緩與熊急的身體上黏著克拉肯的屍體碎塊。我先召回牠們，然後再重新召喚一次。

嗯，乾淨的熊緩和熊急回來了。這一招真的很方便。而且，好處是不像遊戲一樣有召喚次數的限制。有些遊戲的次數是固定的。

至於剩下的克拉肯屍體，我用魔法丟進了海中。

回收了飛龍與克拉肯魔石之後，我接著來到庫琉那·霍克的石碑前。現在我的手上並沒有庫琉那·霍克之書。正確來說是消失了。我最後一次閱讀庫琉那·霍克之書以後，無意間在遇到飛龍襲擊的時候，順手收進了熊熊箱裡。

然後，我回到密利拉的熊熊大樓，剛剛才確認熊熊箱，發現庫琉那·霍克之書消失了。

我來到石碑前，觸摸石碑並灌注魔力。於是，石碑發出與上次相同的光芒，書再次出現。

看來消失的書確實回到石碑中了。

從熊熊箱裡消失的時候，我還很緊張，幸好它有回歸原位。

可是，這到底是什麼原理呢？

我決定來作個實驗。

經過一番測試，我對庫琉那．霍克之書的了解如下：

以石碑為中心，超出一定的距離，書就會消失。所以，只要是在一定的距離以內，就算跑到海上也不會消失。因為石碑位於島嶼前端，所以走到最後端附近，書就會消失。

若使用熊熊傳送門來移動，開著門的期間，書會持續存在。可是，一旦關上門，書就會消失。

就算放在熊熊箱裡，超出一定距離也會消失。

石碑與書可能有某種看不見的魔力連結，超過一定距離就會讓書消失。

書消失的時候，就像是分解為分子一樣，會變成細小的粒子並消失。看到這個現象的時候，我想起了遊戲的特效。如果是以魔力形成的武器，消失的模樣就跟這本書很像。

也許這本書是用我的魔力形成的。就是因為這樣，書才會在灌注一定以上的魔力時出現。這麼一想，一切就說得通了。

不過，這終究只是我的想像。但既然能做出這種東西，庫琉那．霍克真的是個很厲害的人。

我本來不打算在半夜驗證這件事的，但還是敵不過好奇心。

我差不多開始睏了，於是決定趕快找個地方設置熊熊傳送門，然後回去睡覺。

我本來想設置在石碑附近，但又想蓋熊熊屋，如果位置太靠近海岸，有可能會被靠近這座島的船隻看見。

所以，我打算在稍偏內側的地方蓋熊熊屋。

可是天色太暗，很難找到好地點。或許應該挑白天的時候再來一趟。

「熊緩、熊急，有沒有什麼地方是在石碑附近，而且不會太顯眼的？」

我不抱期望地問道。也許就像找到飛龍時一樣，牠們也能幫我找到好地點。

可是，熊緩和熊急只是叫了一聲，然後搖搖頭。

我想也是。牠們沒來過這裡，當然沒辦法帶路了。我往櫻花樹走去。然後，我發現旁邊有一條白天時沒注意到的小徑。

這條路前面有什麼呢？

我沿著小徑前進，來到一個稍微寬敞的地方。

嗯？

我往前方拋出光魔法。被熊熊之光照亮的，是一棟倒塌的房屋。

該不會曾有人住在這裡吧？

這可能是庫琉那·霍克，或是以前獲救的人住過的房子。

這裡被樹木圍繞，所以從四周很難看見。不過，空間還算寬敞，可以看見天空。到了白天，陽光應該也會照射到這裡。

我決定在這個地方設置熊熊屋。我從熊熊箱裡拿出旅行用的熊熊屋，放在毀壞的房子旁邊。

熊熊屋的庫存量變得愈來愈少了。下次我要找時間多做幾棟熊熊屋。就算外觀可以輕易做

好，裡面的日常用品還是得用買的。浴室等細節也要親自加工，所以一次多做幾棟比較有效率。下次要做熊熊屋的時候，就一次做個十棟左右吧。先做好大中小等不同尺寸也不錯。

我走進熊熊屋，使用熊熊傳送門回到密利拉鎮的熊熊大樓。

這樣一來，塔古伊的事情便告一段落，接下來只要抽空來探索就行了。

我也很期待塔古伊會移動到什麼地方。

不能指定想去的地方是有點可惜，但如果當作是遊戲的隨機事件，就多了一份樂趣。希望牠能帶我去遙遠的地方。

我跟小熊化的熊緩與熊急一起進入了夢鄉。

399 熊熊吃冰淇淋（第五天）

雖然昨天被塔古伊搞得人仰馬翻，卻是一次異世界特有的經驗。

我原本很累，但穿著白熊服裝睡覺就恢復體力了。

旅行還沒有結束。

於是，員工旅行到了第五天。這表示我又得選泳衣了。

其實我很想在房間裡耍廢，但我今天已經約好要跟諾雅和米莎一起玩，所以只好出門。

菲娜和修莉要跟堤露米娜小姐與根茲先生一起去海邊玩。她們說昨天已經跟我一起玩過了，所以今天要把機會讓給諾雅和米莎。

我又不是屬於誰的東西。

「唉～」

我嘆了一口氣，認命地挑起泳衣。

第一次是穿菲娜替我選的比基尼，第二次是連身裙式的泳衣，所以今天是我第三次選泳衣。

我個人覺得穿同樣的泳衣也沒關係，但雪莉說「我好期待優奈姊姊下次會穿什麼泳衣喔」，所以我不能穿同樣的泳衣。

399 熊熊吃冰淇淋（第五天）

這次我選的是黑白配色的兩件式泳衣。跟比基尼和連身裙比起來，我覺得這是最保守的泳衣。

我穿上兩件式泳衣，然後再套上熊熊布偶裝。

「優奈小姐，妳換好衣服了嗎？」

諾雅在門外向我問道。

「我、我換好了。」

我這麼回答，換上泳衣的諾雅、米莎與希雅便走進房間。

「妳怎麼穿著熊熊的衣服？」

「是熊熊耶。」

「優奈小姐，妳不下水嗎？」

「我的泳衣穿在裡面。」

我只是不好意思而已。

熊熊大樓距離海邊還有一段路。我想盡量減少穿著泳衣在外面走動的時間。

另外，今天瑪麗娜和艾兒都不在米莎身邊。

米莎說今天不需要護衛，請她們自由行動。

瑪麗娜說這是她們的工作，想要陪在米莎身邊，但卻被米莎拒絕了。米莎這麼做應該是出於體貼吧。

所以，我說會保護米莎，要瑪麗娜她們別擔心。

得到休假的兩人勉強答應米莎，然後出發去冒險者公會了。她們並不是要去工作，而是為了與其他冒險者交換情報。打聽關於這座城鎮的事，就能了解該地區的情況，所以冒險者每到一座新城鎮就會去冒險者公會報到。

她們似乎要去詢問城鎮附近棲息著什麼魔物、有什麼工作可做。而且，觀察工作內容，似乎也能了解這座城鎮的狀況。

如果狩獵魔物的委託偏多，就表示附近有許多魔物出沒。另外也能知道是否有盜賊。如果護衛人數隨之增加，就能從中了解貨物的流通和危險程度。

據諾雅所說，對治理城市的領導者來說，來自公會的情報是很重要的。

所以，克里夫才會跟公會會長有交流，而且相當熟識吧。

反過來說，如果沒有緊密的交流，就無法獲得情報，可能會像葛蘭先生一樣遇上麻煩。不論是在哪個世界，情報都是很有價值的。

我帶著諾雅、米莎、希雅等三個人，走向海邊。

「今天可以跟優奈小姐一起玩了。」

諾雅與米莎騎在熊緩和熊急的背上。我和希雅跟在她們後面。

我們來到海邊時，孩子們已經開始玩水了。

有些孩子在海裡游泳，有些孩子在水邊互相潑水，有些孩子在沙灘上玩沙，有些孩子在玩滑水道。菲娜與修莉也跟堤露米娜小姐和根茲先生一起在海邊玩。

大家都玩得很開心。

「優奈小姐，我們也快點去吧。」

諾雅拉著我的手。

「要先做暖身操啦。」

要是因為腳抽筋而溺水就糟了。

諾雅等人乖乖聽從我的話，開始做起暖身操。

「那麼，優奈小姐，我們要玩什麼呢？」

如果做什麼都可以，我只想回去睡覺。

「優奈小姐，妳是不是覺得很麻煩？」

「我、我沒有啊。」

這裡有個女生會讀心術啦。

「真的嗎？既然這樣，優奈小姐，我們去游泳吧。米莎和姊姊大人也可以吧？」

「好的，我想請優奈姊姊大人看我學會游泳的樣子。」

「我也可以喔。」

「那麼，優奈小姐，請把熊熊的衣服脫掉吧。」

我心不甘情不願地脫掉熊熊布偶裝。

我明明穿著泳衣，為什麼要脫掉外衣的時候還是會害羞呢？果然是因為我自從小學以來，就再也沒有去過游泳池或海邊嗎？大概是因為我的經驗值太低吧。

「優奈小姐，妳今天也穿不同的泳衣呢。」

「因為雪莉幫我做了很多種泳衣啊。每件泳衣都很可愛，不太適合我，所以我覺得很難為情。」

「所以妳才會穿著熊熊衣服吧。不過，請別害羞。優奈小姐穿每一套泳衣都很好看。」

「是，我也這麼覺得。穿起來非常漂亮。」

「優奈小姐平常都打扮成熊的樣子，所以看不出來，但其實很瘦又漂亮呢。」

三人上下打量我的身體。

「這樣很害羞耶，拜託妳們別再看了。而且，諾雅和米莎都比我可愛，希雅也比我漂亮。」

諾雅穿著藍色，米莎穿著綠色的荷葉邊比基尼，非常可愛。希雅穿著紅色的比基尼，給人成熟的印象。

「呵呵，妳平常明明都穿著那麼可愛的熊熊服裝。」

熊熊服裝果然是很丟臉的打扮嗎？

「是因為我習慣打扮成熊了啦。」

「既然這樣，妳過一段時間也會習慣泳衣的。我們快去玩吧。不過雪莉竟然幫妳做了這麼多

套泳衣，她一定很喜歡妳。」

「應該只是因為做泳衣很好玩吧？」

本人也這麼說過。

「因為是替喜歡的人做，所以才好玩啊。替陌生人做泳衣又不好玩，而且也不會想做這麼多套。」

「我也這麼覺得。」

聽到諾雅說的話，米莎也點頭贊同。經她們這麼一說，我也覺得有道理。如果是做料理給喜歡的人吃，就會想多做一點；但如果對象是陌生人，就不會想做那麼多了。

我把整套熊熊裝備收進熊熊箱，然後再把剩下的白熊玩偶手套交給熊緩和熊急保管。

然後，我請熊緩和熊急留在海邊之家，以備不時之需。

穿著泳衣的我被諾雅和米莎拉著手，又被希雅推著背部，走進海裡。

海水有點冷，但很舒服。

諾雅和希雅對我潑水，於是我和米莎一起反擊她們，或是看諾雅和米莎游泳的樣子、跟大家一起玩熊熊滑水道。

然後，不出所料，我又因為體力耗盡而累倒在海邊之家了。

小孩子真的很有活力。

「我也好累喔。」

「對呀，我們玩了好久。」

「雖然不像優奈小姐那麼累，但我也累了。」

另外三個人紛紛這麼說，但體力還是比我好。

「話說回來，今天也很熱呢。」

今天也是大好天氣。只不過，因為日照很強，所以不能忘了補充水分。

我和諾雅等人一起補充水分的時候，菲娜和修莉、堤露米娜小姐和根茲先生也來喝水了。

「我口渴了。」

「水～」

兩人從冰箱裡拿出水，津津有味地喝了起來。

「真的好熱喔。」

堤露米娜小姐和根茲先生也穿著泳衣。他們的泳衣似乎也是雪莉幫忙做的。

看著滿頭大汗的諾雅和菲娜等人，我想起了冰淇淋的事。

我也不是忘了，只是沒有機會拿出來招待大家。第一天有漁夫們來拜訪，第二天大家去搭船，我則是到處去拜訪熟人。昨天我做了滑水道，還去了移動島嶼，遲遲沒有機會拿冰淇淋給大家吃。

不過，現在或許正是好時機。

「菲娜，妳現在有空嗎？」

我對正在喝水的菲娜這麼說道。

「有什麼事嗎？」

「我想拿冰淇淋出來吃，妳可以幫我去叫其他在海邊玩的人嗎？大家應該也差不多需要休息了。」

可能有些孩子會玩到忘了補充水分。既然如此，最好可以叫大家一起過來休息。

「好的，我知道了。我去叫大家過來。」

菲娜一口氣喝完剩下的水，然後去叫其他在海邊玩的人。

「優奈小姐，冰淇淋是什麼？」

跟我一起休息的諾雅這麼問道。

「算是一種冰冰的甜點吧？因為海邊很熱，所以我做了一些帶來。」

我向諾雅這麼說明，菲娜和修莉就帶著其他孩子們回到海邊之家了。

「優奈姊姊，冰冰的甜點是什麼？」

「大家先補充水分吧。」

「好～」

孩子們喝起放在冰箱裡的水。每個孩子都曬黑了，可見他們在海邊玩得很盡興。

趁著孩子們還在喝水的時候，我從熊熊箱裡拿出冷凍庫。

菲娜和修莉也回來了，所以我請她們幫忙把裝著冰淇淋的杯子和湯匙發給大家。

「好冰喔。」

拿到冰淇淋的諾雅看著裝有冰淇淋的杯子。

「這就是冰淇淋嗎？」

「對啊，很適合在天氣炎熱的時候吃喔。冰淇淋會融化，要快點吃。」

我也拿了一份冰淇淋，在諾雅面前吃給她看。

嗯，冰淇淋在舌尖上融化。諾雅也模仿我，用湯匙挖了一口冰淇淋，放進嘴裡。這個瞬間，諾雅的臉綻放笑容。

「好冰喔。一放到嘴裡就融化了，真好吃。」

諾雅一口接著一口地吃著冰淇淋。

「我吃到布丁和蛋糕的時候就這麼想了，優奈姊姊大人做的料理都很不可思議呢。」

「說真的，這麼好吃的甜點，我在王都也沒有吃過。」

聽到米莎所說的話，身為貴族的希雅也一邊吃著冰淇淋，一邊表達疑惑。

「既然連希雅妳們貴族都不知道，就表示這種點心真的很罕見吧。」

「是的，我不知道還有這種點心。」

「我從來沒有吃過。」

堤露米娜小姐說得對，如果把冰淇淋拿到店裡賣，應該能賺不少錢。

可是，我並不缺錢。要不要乾脆多賺點錢，蓋一座豪華城堡？雖然我一瞬間這麼想，但還是沒什麼興趣。

孩子們吃得津津有味時，廚師正以不同的觀點分析冰淇淋。

「優奈，這是什麼？」

「裡面好像加了牛奶呢。」

「也有用到蛋嗎？」

涅琳、卡琳小姐和安絲紛紛發問。

「簡單來說，算是用牛奶和蛋做成的食物。這些是我在出發前跟菲娜一起做的。」

「我也有幫忙耶～」

我只提到菲娜的名字，修莉就稍微鼓起臉頰了。

「就是啊，修莉也有幫忙。」

我摸摸修莉的頭，讚賞她的貢獻，這時又有別人發出抗議了。

「為、為什麼妳們要做的時候不找我呢！」

諾雅小聲抱怨道：「我也想一起做嘛。」

「我想到要做的時候，菲娜和修莉剛好來我家，所以我才會找她們幫忙的。」

我還找了她們的媽媽——堤露米娜小姐來幫忙，四個人一起做了冰淇淋。

「優奈，這個要拿到店裡賣嗎？」

吃著冰淇淋的莫琳小姐這麼問道。

「堤露米娜小姐也問過我，但我沒有這個打算。」
「是嗎？如果要賣，一定會很暢銷的。」
涅琳吃著冰淇淋這麼說。
「可是，如果真的要做，這就是涅琳的工作嘍。」
「我嗎？」
聽到自己的名字，涅琳很驚訝。
「因為冰淇淋算是甜點類嘛。它會用到鮮奶油，也可以做成冰淇淋蛋糕，所以應該由涅琳來做。如果要做的話，我會教妳的。」
聽到我這麼說，涅琳很猶豫。
「可以嗎？」
「反正也沒什麼好隱瞞的，而且要賣也會是夏季限定的商品。只要一次做出大量的冰淇淋再放進冷凍庫，就能保存很長一段時間。做起來比蛋糕輕鬆。」
「嗯～用冰淇淋做的蛋糕……」
「反正還有時間，妳可以慢慢思考。」
「好的。」
可是，如果要請店裡的人來做冰淇淋，我就不用自己做了，這也算是一個好處。
正當我這麼想的時候，拿著空杯子的諾雅跟我對上了眼。

「優奈小姐，請再給我一個！」

「我是還有，但一天只能吃一個喔。」

我對諾雅這麼說，周圍便傳來許多失望的聲音。

「咦～」

「我還想吃啦。」

「我也想吃。」

「優奈姊姊，我還要。」

看來大家也覺得一個冰淇淋不夠吃。可是，這種時候就必須扮黑臉。

「吃太多冰會讓肚子著涼，要是肚子痛就糟糕了，所以不行。」

我這麼說，孩子們便發出哀號般的聲音。院長和莉滋小姐都來安撫大家了。

不愧是孤兒院的老師，她們倆說的話比我更有效，孩子們都乖乖聽話了。

然後，吃完冰淇淋的孩子們決定去玩滑水道。我目送孩子們離去。

400 熊熊邀請當地的孩子一起玩（第五天）

吃完冰淇淋的孩子們充滿活力地去玩了。

我下午也要遵守跟諾雅一起玩的約定，但一直玩個不停也很累，所以我會適度地休息。

我坐在沙灘上，看著諾雅等人正在互相潑水的樣子，這時露麗娜小姐走過來了。

「優奈，可以打擾一下嗎？」

「嗯？什麼事？」

「妳看那些孩子們。」

該不會是發生什麼問題了吧？

露麗娜小姐指著我的後方。我回頭一看，發現有幾個孩子正在看著我們。

他們是當地的孩子。

「那些孩子好像對妳做的熊熊溜滑梯有興趣，一直看著那隻熊。我覺得很在意，所以想問妳該怎麼辦。」

換句話說，露麗娜小姐是想問我能不能給那些孩子玩滑水道吧。

「優奈，可以請妳去跟他們說嗎？」

「我嗎？」

「因為妳是這座城鎮的名人嘛。」

「是沒錯啦。」

比起被陌生大人搭話，在密利拉鎮有一定知名度的我去跟他們說，確實比較不會嚇到孩子們。

可是，我重新看著自己身上的泳衣。

如果我穿著這身泳衣去跟他們說話，他們大概也只會反問：「大姊姊，妳是誰？」根本不會發現是我吧。

「好吧，我去換衣服。」

「為什麼要換衣服？」

「如果沒有打扮成熊，他們就認不出我了。」

露麗娜小姐盯著我目前的打扮。

「……也對。」

露麗娜小姐露出恍然大悟的表情。

我到海邊之家向熊緩和熊急領回熊熊裝備，然後換上平常的熊熊布偶裝，對看著熊熊滑水道的孩子們打招呼。

「你們好。」

總共有五個孩子，大概是七歲到十二歲的男孩與女孩。

「熊熊？」

「熊姊姊？」

孩子們果然對熊有反應。

如果我穿著泳衣，他們一定認不出來。

「你們是不是想玩那個？」

「嗯，看起來好好玩。」

果然沒錯，他們也想玩滑水道。

我不忍心趕他們走，或是拒絕他們。

「那麼，要不要一起來玩？」

「可以嗎？」

「可以啊。可是，你們願意跟那些孩子一起玩嗎？還有，要是從那麼高的地方掉下來就糟了，所以你們能答應我，不要做危險的事嗎？」

「嗯。」

「我們會一起玩。」

「不會做危險的事。」

孩子們這麼答應。

我帶著孩子們，走向熊熊滑水道。

「小朋友，也讓這幾個孩子跟你們一起玩吧。」

我這麼說道。

「嗯，好啊。」

「好～」

孩子們這麼回應。

孤兒院的孩子們都坦然接受了我的請求。

當地的孩子們都很高興地奔向滑水道。

「優奈，謝謝妳。如果我能早點發現，跟他們說一聲就好了。」

露麗娜小姐向我道謝，然後走向熊熊滑水道。

孤兒院的孩子與當地的孩子融洽地玩在一起。

看來應該沒問題。

暫時放心的我回到水邊，跟諾雅她們一起玩。

「優奈小姐，我要丟了喔。」

皮革做成的球朝我飛過來，我將球打回去。真沒想到我也有玩這種現充遊戲的一天。

「優奈小姐，妳的動作太慢了啦。」

我也沒辦法啊。要是沒有熊熊裝備，我就只是一個沒有體力的女生。就算頭腦很清楚，身體也無法隨心所欲地行動。因為我平常都穿著熊熊裝備，所以這種感覺又更明顯了。

穿著熊熊裝備，我的思緒與行動就能同步，身體會按照我的想法行動。可是沒有了熊熊裝備，我的動作就會變得很不諧調。

過了一陣子，大量活動的我又變成老樣子了。

「優奈小姐，妳沒事吧？」

「不行，我動不了了。」

我的體力還是一樣差，玩累的我躺在海邊之家。我已經一步也走不動了。諾雅、米莎和希雅都還有精神。一點點也好，真希望她們能把體力分給我。

我在原本的世界總是足不出戶，在異世界又穿著類似動力裝甲的熊熊布偶裝，幾乎沒有靠自身的體力運動過。我真的很缺乏體力。

早知道就穿著熊熊鞋子來玩球了。

「我們贏過優奈小姐了耶。」

「好久沒有玩得這麼開心了。」

諾雅和米莎坐在躺著的我身旁。希雅幫我們從冰箱拿了飲料過來。

「謝謝。」

「姊姊大人，謝謝妳。」

「謝謝妳。」

我們從希雅手中接過飲料。

冰涼的水真好喝。我已經好久沒有運動到流汗了。順帶一提，今天希雅有借防曬乳給我用，所以不必擔心會曬黑。就算真的曬黑了，也能樣上次一樣用魔法治好，所以沒關係。

「我要暫時休息一下，妳們三個自己去玩吧。」

「我也累了，想跟優奈小姐一起休息。」

諾雅這麼說，於是米莎和希雅也決定跟我們一起休息。

我有點在意某件事，所以開口問了諾雅她們。

「妳們跟孤兒院的孩子相處得還好嗎？」

雖然我偶爾會看到她們和孩子們對話的樣子，但基本上，諾雅都是跟米莎、希雅、菲娜和修莉玩在一起。

「我會跟店裡的孩子們聊天。可是，我跟其他的孩子沒什麼交集，所以不太會聊天。」

嗯，這麼說也對。

「而且有我在的話，他們好像會緊張。」

諾雅有點難過地這麼說。

嗯～是嗎？

我是看不出有那種狀況，但貴族和平民之間似乎還是存在看不見的隔閡。

可是，這或許也無可厚非。孤兒院的孩子都是三餐不繼，也沒有父母，吃過不少苦頭的孩子。相較之下，生在貴族家庭的諾雅不愁吃穿，穿著漂亮的衣服，還住在溫暖的房子裡。

而且又擁有身為領主女兒的權力。

諾雅身為貴族兼領主千金，孤兒院的孩子們大概更不知道該怎麼跟她相處吧。以前的菲娜就是這樣。雖然諾雅並不是會擺架子的人，但對不了解她的人來說，光是聽到「貴族」、「領主女兒」之類的字眼，或許就會感到畏懼。

「可是，在店裡工作的孩子都會用普通的態度對待我，所以沒關係。」

也對，只要在店裡碰面幾次，大家都會漸漸了解諾雅的個性。

「其實我希望每個人都可以這樣對我，但還是很難。」

「既然妳可以跟店裡的孩子做朋友，其他孩子也一定沒問題的。當然了，前提是妳不會耍任性。」

「我才不會呢！不過……以前的我或許會那樣。遇到菲娜之後，我才知道要交到普通的朋友，就不能只是任性。如果我要求別人，就會變成是命令。所以，我會盡量不要主動要求別人。可是，真的需要人家幫忙的時候，我還是會說的。」

她真的只有十歲嗎？

一般來說，要在這個年紀懂得這些，應該滿困難的。

看來諾雅也正在漸漸長大呢。

我們在海邊之家休息的時候，外面傳來吵鬧的聲音。

「這隻熊是怎麼回事？」

「嗯，應該是熊姑娘做的吧。」

聽起來很耳熟的聲音傳了過來。

「這是父親大人的聲音嗎？」

諾雅對聲音有反應。

我望向海邊之家的入口，看見克里夫、葛蘭先生和米蕾奴小姐走了進來。

「為什麼父親大人會在這裡？」

「爺爺大人也在呢。」

諾雅與米莎奔向他們兩個人。

「我是來工作的。而且我也有點擔心妳和妳姊姊會給其他人添麻煩啊。」

「我們才沒有呢。」

「就是啊。」

「好像是呢。」

克里夫看著在海邊跟熊緩與熊急一起玩的孩子們。我要休息的時候，有叫熊緩和熊急去跟他們玩。

諾雅有聽克里夫的話，忍著沒去跟孩子們搶熊緩和熊急。

「而且，我也得為希雅的事跟優奈道謝。優奈不在嗎？」

我在啊。諾雅後面的人就是我。

「要找優奈小姐的話，她在那裡。」

諾雅回頭望著我。

「妳是優奈嗎？因為妳沒打扮成熊的樣子，我一時之間沒認出來。」

請不要說得好像我是熊的一部分。

他果然也是用「熊＝我」的公式來認知我的。

「話說回來，就算是妳，來到海邊也會打扮成這個樣子啊。」

克里夫上下打量著我，所以我用毛巾把身體遮起來。

「父親大人，這樣盯著女孩子看太失禮了。」

諾雅站到我前面，替我說話。

諾雅，謝謝妳。

「別誤會了。只是因為優奈很少打扮成這樣，所以我才會看她。」

「那樣也不可以。」

「我知道了啦，妳別生氣。」

克里夫從我身上移開視線。

「話說回來，米蕾奴小姐也一起來了啊。」

「對呀，雖然寫信也可以，但有我覺得有我在的話，事情談起來也比較快。而且我也想親眼看看密利拉鎮的現況。」

「對了，克里夫好像說過有工作。」

根據米蕾奴小姐等人的說法，米莎居住的錫林城似乎也在考慮採購海鮮和鹽。引進新的食物，也能促進城市的發展。

看來葛蘭先生來克里莫尼亞處理的工作就是指這件事。

「不只是克里莫尼亞的領主大人和商業公會的會長，有必要連錫林城的前領主大人都來嗎？」

「我平常就會教女兒，有些事情要親眼確認才會明白。」

「沒錯。」

「我們絕對不是來玩的。」

為什麼只有最後一句話聽起來很不可信呢？

「對了，小姑娘，那是什麼東西？」

葛蘭先生看著熊熊滑水道，這麼問我。

「那是溜滑梯，是一種從高處溜下來，然後衝進海裡的遊樂設施。」

「爺爺大人，那個很好玩喔。途中還會轉圈圈呢。」

米莎比手畫腳地對葛蘭先生解釋滑水道的玩法。

「妳似乎又做了奇怪的東西呢。」

什麼奇怪的東西，我是為了讓大家玩得開心才會想辦法做出來的，說得太過分了吧。

「可是，看起來很有意思呢。」

米蕾奴小姐似乎很想玩玩看。

「優奈，妳要怎麼處理那座溜滑梯？」

「什麼怎麼處理？」

「我是說妳回去之後的事。」

「我會把東西收拾好。」

我覺得光是游泳就太無聊了，所以才會做滑水道。有些孩子不會游泳，所以我準備了滑水道和漂浮在海上的玩具，讓大家玩得開心。

旅行結束後，這些東西就沒有用了，所以我打算把東西收拾乾淨。

「那些孩子是當地人吧。」

沒穿學生泳衣的孩子就是當地人。

「是啊。」

「沒有了那個，那些孩子應該會很傷心吧。」

聽到米蕾奴小姐這麼說，我望向當地的孩子們。

「哇～～～！」

「我要再玩一次！」

「等一下啦！」

我聽見孩子們充滿活力的聲音，大家都很開心地玩著滑水道。

我大概能了解米蕾奴小姐想表達的意思了。如果我把滑水道移除，當地的孩子們或許會很傷心。話雖如此，我也不能就這麼把它放著不管。如果我們離開後還有人來玩，結果受傷就糟糕了。

而且滑水道只有在夏天才派得上用場，到了冬天就會變得很礙事。

我沒辦法解決這個問題。

「這件事或許也該商量看看呢。」

米蕾奴小姐這麼說完便閉上嘴巴。

401 熊熊前往鎮長家（第六天）

隔天，我跟克里夫、葛蘭先生和米蕾奴小姐一起前往密利拉鎮的鎮長家。

「為什麼連我也要去？」

「有妳在，可以提昇對方的信任度啊。雖然我和米蕾奴也有參與城鎮的復興，所以能得到鎮民的信任，但還是比不上妳。而且這次也要介紹葛蘭老爺給人家。比起由我來介紹，妳說的話比較能得到對方的信任。如果妳覺得葛蘭老爺和米莎的父母不值得信任，那我就沒辦法了。」

「你也太奸詐了吧。聽你這麼一說，我就沒辦法拒絕了啊。」

如果我現在回去，就等於是不相信葛蘭先生和米莎的父母。所以克里夫這麼一說，我就沒辦法拒絕了。

「小姑娘，抱歉。我想將海鮮和鹽引進錫林城，也想拜託這座城鎮接待來自錫林的商人。」

「商人不是可以自由來往嗎？」

「當然了，商人是自由的。不過，信賴關係就另當別論了。個人需要花上許多時間才能獲得信任，了解一個人是否值得相信，或是能否在交易中獲利。而且，我也想效仿克里莫尼亞，招募海鮮類的廚師到錫林。任何交流都需要彼此的信任，所以我才會親自來訪。不過，光是如此仍然不夠。所以小姑娘，我希望妳能稍微替我爭取一點信任。」

「即使我們有著貴族的身分，若是居高臨下地命令他人，也會引發民怨。就算不那麼做，貴族也已經很不受歡迎了。」

一開始，我對貴族的確抱著不好的印象，覺得他們只會耍官威、用權力壓迫人民。

跟葛蘭先生一起治理城市的那個笨蛋貴族正好符合我對貴族的印象。那種人就是我最討厭的貴族。

可是，遇到克里夫和葛蘭先生之後，我才知道不是所有貴族都像他那樣。

「另外，我也想請對方跟我們商業公會合作，一起促進交流。妳能幫忙就太好了。」

「況且，參與討論的人都認識妳。」

「有冒險者公會和商業公會的會長、漁會的理事長，還有鎮長。」

冒險者公會的會長是阿朵拉小姐，商業公會的會長是傑雷莫先生，漁會的理事長應該是克羅爺爺吧？我記得鎮長好像是克羅爺爺的兒子。

我沒有見過克羅爺爺的兒子，但都認識其他的人。

「我知道了。不過，請不要把我捲進麻煩事喔。」

我答應了他們的請求。

葛蘭先生和米蕾奴小姐都很照顧我。我當然也有回報他們，但有困難就該互相幫忙。

於是，我們來到了鎮長的家。

正如克里夫所說，參與討論的成員都是我的熟人。可能是來輔佐會長，阿朵拉小姐身旁有身為職員的賽伊先生，傑雷莫先生身旁則有安娜貝爾小姐的陪伴。

「這次非常感謝各位抽空與會，也感謝克里夫大人特地遠道而來。」

一位我不認識的男性向大家打招呼。這個人就是克羅爺爺的兒子嗎？

「是我們主動要求的，我才要感謝你們。」

克里夫也回以謝意。

聽說是米莎說要來海邊玩的時候，葛蘭先生也決定同行，這次的討論日程也就這麼定下來了。

然後，因為在場的人都不認識葛蘭先生，於是克里夫將他介紹給大家。

「這位是錫林的前領主——葛蘭・法蓮格侖伯爵，為了這次的事而特地前來。身為克里莫尼亞領主的我，以及坐在那邊的優奈可以擔保他的為人。」

為什麼要在這個時候指名我？

「葛蘭先生不是壞人。」

他反而是人太好，好到差點被人家搶走城市。

「我是葛蘭・法蓮格侖，預祝這次討論愉快。」

然後，密利拉鎮的代表分別向大家打招呼。

一開始打招呼的男性果然就是這座城鎮的鎮長，也是克羅爺爺的兒子。他的名字似乎叫做亞朗。

「那麼，克里夫大人的請求是將流通路線擴張到錫林城嗎？」

「沒錯，我想跟你們談談這件事。」

「既然如此，可以讓我們先報告冒險者公會的現狀嗎？」

阿朵拉小姐舉起了手。

「沒問題。」

克里夫准許後，阿朵拉小姐便站起來，開始發言。

「目前，由於這座城鎮與克里莫尼亞的交易，來到鎮上的人愈來愈多。因此，我們僱用冒險者擔任警衛，維持城鎮的治安。而且現在也需要護衛旅客前往克里莫尼亞，所以無法再加派更多冒險者了。」

「目前只要護衛旅客前往克里莫尼亞即可。貨物送到克里莫尼亞之後，前往錫林所需的護衛會由克里莫尼亞派出的冒險者來擔任。可以從密利拉直達錫林是最好的，但因為幹道還沒有鋪設完成，所以可能要再過一段時間才能實現。」

「我明白了。」

阿朵拉小姐坐回位子上。

接著，這次換傑雷莫先生身旁的安娜貝爾小姐舉手了。

「米蕾奴小姐，我也可以發言嗎？」

「可以，請說。」

「就像阿朵拉小姐剛才所說的，造訪密利拉鎮的人愈來愈多了。過去，漁夫只會捕撈鎮民需要食用的漁獲。可是，為了銷往克里莫尼亞，捕撈量也因此增加。不過，因為漁夫的人數不變，所以一天能夠捕撈的漁獲、鹽與特產都有限，恐怕無法再繼續增加了。」

的確，漁船數量與漁夫的人數都不變，所以無法輕易增加漁獲量。

資源是有限的。若是無限制地取用，資源遲早會耗盡，一天能取得的量也有限。如果克里莫尼亞和錫林奪走了所有的資源，密利拉鎮的人就有可能拿不到漁獲。

「這一點我們明白。我們不會搶走密利拉鎮的一切，請放心。」

「那麼，請問克里莫尼亞與錫林打算怎麼處理呢？」

「錫林與克里莫尼亞會提供補助金來打造漁船。另外，這些漁船要由商業公會負責管理。我們也想請漁會培育更多的船員。」

「換句話說，您願意出借漁船給我們嗎？」

「沒錯，你們將來也可以收購這些漁船。就算借錢買了船，應該也有些人無法繼續當漁夫。如果能租借漁船，應該也會有更多人願意加入捕魚的行列吧。你覺得如何呢？克羅爺爺。」

「的確，年輕人只能從父母或熟人手中繼承漁船。不過，如果能租借漁船，應該也會有其他人願意成為漁夫。但問題在於租借的金額。」

的確，太貴就失去了意義，太便宜又缺乏收購漁船的誘因。

「關於這部分，我們想連同漁獲量一起討論。」

「我們還想提出一個條件。自古以來，我們都相信大海不屬於任何人，過度捕撈是會遭天譴的。所以，我們會設下一定的限制。」

的確沒錯，日本也有過度捕撈的問題。可是規模差太多了，所以無法比較。

只不過，過度捕撈會破壞生態系，所以我知道那是不好的事。

米蕾奴小姐看著克里夫，確認似的點了點頭。

「以商業公會的觀點，我認為銷往克里莫尼亞的漁獲量可以維持現狀。可以增加的話，請將多的部分分配給錫林。如果克里莫尼亞引進太多海鮮，就會使其他商品滯銷。那樣一來，萬一遇到海鮮缺貨，其他物資也會不足，造成消費者的困擾。所以，只要你們可以稍微增加漁獲量，並銷往錫林，那就沒問題了。」

看來米蕾奴小姐已經事先跟克里夫商量過了。

「另外，我們會禁止克里莫尼亞開設更多販賣海鮮的店家，所以應該不會再增加了。」

原來他們已經談到這個地步了。

實際上，日本確實也發生過某種食物大流行，使店家暴增，但風潮一過就紛紛倒閉的情況。

如果能限制這種情況，或許就不必擔心了。

「如果有人想開店，我們會介紹他們到錫林的。」

「既然如此，那就沒問題了。」

克羅爺爺說完便閉上嘴巴。

然後，大家又談到了增加鹽的生產量、接待商人、介紹工作等各式各樣的議題。

他們也有提到派遣廚師去教導其他人烹調海鮮的事。

除此之外，他們也決定禁止在密利拉引發糾紛的人再次通過隧道。

只要不讓引發糾紛的人來到密利拉，就能減輕冒險者公會的負擔，這也是理由之一。

「那麼克里夫大人、葛蘭大人，非常感謝兩位參與討論。今後也要請兩位多多指教了。」

身為鎮長的亞朗先生代表大家，鞠躬道謝。

「我們才是，要請你們多多指教了。」

討論結束之後，我心想：「我真的有必要參加嗎？」

以前好像也發生過類似的事。

402 熊熊跟米蕾奴小姐一起去海邊（第六天）

克里夫、葛蘭先生和阿朵拉小姐一起，米蕾奴小姐、傑雷莫先生和安娜貝爾小姐一起，各自展開討論。

這個時候，克羅爺爺和他的兒子兼鎮長——亞朗先生向我走過來。

「小姑娘，我還沒跟妳介紹。這是我兒子亞朗。」

「我曾經遠遠地見過妳幾次，但這是第一次向妳正式打招呼呢。我是亞朗。」

亞朗先生是大約三十五到四十歲左右的男性。

「你好，我是優奈。當鎮長應該很辛苦吧，請加油。」

「其實我原本並不想接下這個職位。」

「是嗎？」

「是家父和其他人推派我當鎮長的。」

「除了你以外，沒有其他人適任，這也沒辦法。」

「既然桑納先生都回來了，不是應該讓他重新上任嗎？」

桑納？如果不是我忘了，這應該是我第一次聽說的名字。

「你在說什麼傻話？拋棄城鎮逃走的人怎麼可能勝任鎮長的職位。萬一下次再發生同樣的事，他也會逃走的。」

「該不會是前任鎮長回來了吧？」

根據對話內容，名叫桑納的人物好像就是當初逃走的鎮長。

「他確實回來了。不過，拋棄這座城鎮的傢伙就算回來，也沒有他的容身之處。鎮民都很怨恨他，不可能讓他當鎮長的。而且，他無法得到各公會的信任，我也不會信任他。」

克羅爺爺有些氣憤地說道。

「怎麼，你們在說前鎮長的事嗎？」

大概是聽到了剛才那番話，原本正在跟阿朵拉小姐討論的克里夫加入了我們的對話。

「克里夫也知道他嗎？」

可是克里夫來到密利拉鎮的時候，他應該不在這裡才對。

「他曾經直接找我談判，希望我能讓他重新當上鎮長。不過，我已經把他趕走了。這裡是由我管理的城鎮。我不能允許一個會拋下城鎮的人來當領導者。」

「你們在說前鎮長嗎？那個人也有來找過我呢。」

在一旁聽著的米蕾奴小姐也加入了對話。

「真的嗎？」

「對呀，他拜託我向你說些好話，但我把他趕走了。」

雖然我從來沒有見過那個人，但聽說他相繼被克里夫和米蕾奴小姐趕走，讓我有點同情他。可是既然他拋下城鎮逃走，或許也是自作自受吧。

領導者如果不值得信任，那就傷腦筋了。

「我們商業公會最重視信用了，所以不會跟沒有信用的人交涉。」

「要贏得米蕾奴小姐的信任，應該很不容易吧。」

「呵呵，我對優奈的信任已經不能再高了喔。」

「那倒是。」

「一點也沒錯。」

連克里夫和葛蘭先生都笑著點頭。

「我比誰都還要信任優奈喔。」

「是啊，畢竟是她救了這座城鎮。我也很信任她。」

「小姑娘賭上性命救了這座城鎮，我們怎麼可能不信任呢？」

阿朵拉小姐、傑雷莫先生和克羅爺爺都表達贊同。就連站在他們身後的安娜貝爾小姐和賽伊先生都點了點頭。

我開始覺得有點難為情了。

然後，身為鎮長的亞朗先生也加入克里夫和米蕾奴小姐的行列，開始討論今後的事。

所有人之中，只有克羅爺爺沒有加入討論，而是用有點認真的表情對我說道：

「小姑娘，能打擾一下嗎？」

「嗯？什麼事？」

克羅爺爺確認似的看了看四周。

「我們去隔壁房間談談吧。」

克羅爺爺似乎不想被其他人聽見，於是帶著我走出辦公室，移動到隔壁房間。

他想說什麼呢？

「小姑娘，謝謝妳。」

克羅爺爺突然低頭道謝。

「呃，你是說這次的事嗎？我只是坐著聽別人說話而已耶。」

可是，克羅爺爺搖搖頭。

「我不是指這件事。如果妳想保密，我其實也不打算說出來。不過，事情只有我知道，如果我沒有向妳表達感謝之意，那就沒有人會感謝妳了。」

我完全聽不懂克羅爺爺到底在說什麼。

我不記得自己有做什麼會讓克羅爺爺感謝的事。

「抱歉，我真的不知道你在說什麼。」

「說到移動島嶼，妳就懂了嗎？」

我的頭腦開始全速運轉。

「呃，該不會……」

我在出現在移動島嶼上的事，被他看到了嗎？

「我為了確認那座島何時會移動，去看了一下。因為我現在沒有工作，所以閒得很。那天，我也開船出海，一個人到了那座島附近。我一到那裡，天上就開始出現了魔物。有那麼龐大的魔物在天上飛，我還以為大事不妙了。」

他是指飛龍吧。

「我還看到海裡出現了大蛇般的長脖子，以及在天上飛的龐大魔物。正當我陷入慌亂的時候，我看見了妳在島上跟長著大翅膀的魔物戰鬥。」

那一定是我正在跟飛龍戰鬥的樣子。

「為了保護城鎮，妳在不為人知的地方戰鬥。」

我並沒有想那麼多。

只是擔心飛龍會跑到鎮上而已。

「原來你都看到了。」

「那種會飛的魔物是什麼？還有從海中出現的長脖子……」

「這個嘛，在天上飛的小鳥型魔物是紅喙鴉，比較大隻的是飛龍。」

「飛龍……」

「牠們好像是被那座島吸引過去的。」

「那麼，從海裡出現的長脖子是什麼？」

我可以說嗎？

「妳不能說嗎？」

「嗯～我也不清楚詳情，但那座島好像是一種傳說中的生物。可是，你們不用擔心。只要不威脅到牠，牠就不會傷害人。你們就把牠當成一座在海上漂浮的島嶼就行了。另外，牠過了幾年之後可能會再出現。到時候只要像這次一樣，不要靠近島嶼就沒問題了。」

「這樣啊，我相信妳說的話。」

「謝謝克羅爺爺。」

我們回到辦公室時，傑雷莫先生向我走了過來。

「小姑娘，可以打擾一下嗎？」

「什麼事？」

「關於海邊的那隻熊……」

「你是說滑水道嗎？」

「關於那座滑水道，我和米蕾奴小姐談過了。妳回去之後，能不能把它留下來呢？」

「其實有不少人都在詢問這件事。」

安娜貝爾小姐補充說道。

「我也去確認過了，那真的是很有趣的遊樂設施。可以的話，我希望鎮上的孩子也玩得到。」

「而且大人應該也會覺得好玩吧。」

看來安娜貝爾小姐和傑雷莫先生都看過滑水道了。

「而我們剛才從米蕾奴小姐口中聽說，優奈小姐打算在回去時撤除那座滑水道。」

「我也跟米蕾奴小姐說過，如果沒有人管理是很危險的。」

小孩子會做的事很難預料，有可能會從高處掉下來。

「我了解，這部分我們也商量過了，商業公會願意接下管理的工作。」

米蕾奴小姐這麼說明。

「而且就這麼撤除的話，當地的孩子們不是很可憐嗎？」

如果有其他孩子想玩，我確實也想開放給他們。如果有人願意好好管理，我也沒有異議。

我們開始討論關於熊熊滑水道的事。我傳達了詳細的指示，例如禁止危險行為、必須派人管理等。

我們也決定，等到換季的時候，我就要來撤除無人使用的滑水道。

這也不難，只要我找時間來一趟，把滑水道收進熊熊箱就行了。

這件事並沒有多麻煩，於是我答應了。

各自的討論結束後，傑雷莫先生和阿朵拉小姐為了處理克里夫和米蕾奴小姐所交代的工作，

紛紛回到自己的公會。

我們也要離開鎮長家了。

「優奈，妳幫了大忙。有妳在，事情談起來果然比較順利。」

「我只是出席而已耶。」

「那就夠了。對了，我要跟葛蘭老爺一起去鎮上巡視，米蕾奴呢？」

「難得都來到密利拉鎮了，我要去海邊看看。」

「妳不用工作嗎？」

「嗯，不用。接下來要確認詳細的資料才能動工。至於資料的蒐集和整理，我已經交給安娜貝爾了。」

換句話說，米蕾奴小姐今天好像已經沒有事情要忙了。

我們跟克里夫和葛蘭道別，來到了海邊。

「優奈，那個叫做滑水道的遊樂設施，我也可以玩玩看嗎？」

「可以是可以，但穿著普通的衣服會弄濕，很麻煩喔。」

「呵呵，這妳就不用擔心了。那個熊熊房子裡有地方能換衣服嗎？」

「有啊。」

「那就借我一下吧。」

米蕾奴小姐說完，走進了海邊之家。她說要換衣服，該不會是換成泳衣吧？

可是，我應該沒有幫米蕾奴小姐訂做泳衣才對。

過了一陣子，米蕾奴小姐走了出來。

「……米蕾奴小姐，妳這身打扮是？」

米蕾奴小姐穿著泳衣。

「好看嗎？可是，感覺有點害臊呢。」

米蕾奴小姐穿著一套比基尼泳衣。

「是很好看，但這套泳衣是哪裡來的？該不會是請雪莉做的吧？」

「不是啦，這是我向泰摩卡先生訂做的。」

「這麼說來，泰摩卡先生對妳的身體尺寸……」

「尺寸是娜爾小姐替我量的啦。優奈，妳到底在想什麼？」

我不小心想像了一點糟糕的事。

可是，被男性知道自己的尺寸真的好嗎？但如果不量尺寸，就沒辦法做訂製服，這也沒辦法。

「話說回來，原來泰摩卡先生也會做泳衣啊。」

「他好像有參考妳畫的設計圖喔。」

如果是泰摩卡先生，確實有可能看過我交給雪莉的泳衣設計圖。

話說回來，米蕾奴小姐明明是以文書工作為主，身材還真好。前凸後翹的。這個世界還真是不公平。

「那麼，優奈，妳也去換上泳衣吧。」

我正看著米蕾奴小姐的時候，她便抓住我的手臂，逼我換上泳衣。

「優奈的泳衣也很可愛呢。」

我放棄抵抗，乖乖換上泳衣。

經過一輪替換，我今天穿的是第一天穿過的比基尼泳衣。

我被米蕾奴小姐拉著，走向熊熊滑水道。

「跟優奈的家一樣，是可愛的熊熊造型呢。」

我們乖乖排隊，從熊內部的階梯往上走。

「這裡比較低，是給比較小的孩子玩的。」

「既然如此，一開始就先從這裡溜溜看吧。」

米蕾奴小姐坐上熊的腹部延伸出來的溜滑梯。接著，確認下方沒有任何人之後，她溜了下去。

她用普通的姿勢溜著，落入海中。

米蕾奴小姐立刻站起來，返回熊的內部，來到我面前。

「優奈，這個真好玩。」

連頭髮都濕透的米蕾奴小姐帶著滿臉笑容，這麼說道。

「那就好。」

接著我們繼續走上階梯，來到起點在熊嘴巴的滑水道。

排在我們前面的孩子們陸續溜了下去。

菲娜與諾雅也是其中之一。

等了一陣子，終於輪到米蕾奴小姐了。

「呵呵，真令人期待。」

米蕾奴小姐對我露出孩子氣的表情，然後坐到滑水道上。

「我有加上安全措施，但還是要小心喔。」

「我有觀察其他孩子是怎麼溜的，沒問題。」

米蕾奴小姐放開扶手，往下一溜。她左右搖晃，經過一圈又一圈的螺旋，最後溜下斜坡，嘩啦一聲落入海裡。

我的後面還有其他孩子在排隊，於是我也坐到滑水道上，往下溜去。

我就跟米蕾奴小姐一樣，最後落入海裡。

雖然我已經溜過好幾次了，還是覺得很好玩。

可是，溜了好幾次，我就漸漸開始想做更好玩的滑水道了。

「我終於理解孩子們為什麼想一玩再玩了。」

然後，米蕾奴小姐又玩了好幾次滑水道，也到海裡游泳，非常享受海水浴。
她或許只是把工作當成藉口，真正的目的是來玩吧。

403 熊熊煮咖哩（第七天）

漫長的旅行也即將來到尾聲，明天就要回去了。因為是最後一天的午餐，今天由我負責掌廚。

「菲娜，妳把這些洋蔥剝皮之後，切成這種形狀。」

我拿起一個洋蔥，示範給菲娜看。

「好，我知道了。」

菲娜剝起洋蔥的皮，按照我說的方法來切。每天都會幫忙做家事的菲娜切得十分俐落。

「安絲來削馬鈴薯的皮，然後切成這種大小。」

跟洋蔥一樣，我切了一顆馬鈴薯來指定大小。安絲也用熟練的手法切起馬鈴薯。

我拿起紅蘿蔔，削皮並切成一口的大小。

「嗚嗚，我的眼睛一直流眼淚。」

菲娜眼泛淚光，切著洋蔥。

當初是不是應該由我來切洋蔥呢？

我們正在煮的東西，正是咖哩。

說到海邊就讓人聯想到咖哩飯。難得能從迪賽特城取得香料，所以我決定煮咖哩來當最後一天的午餐。

可是，大人加上小孩總共有將近五十個人。我一個人實在做不了那麼多，所以請了菲娜和安絲來當我的助手。

每天都要烹調這麼大量的伙食是很辛苦的。可是，安絲和莫琳小姐每天都會幫大家準備餐點。我真得好好感謝她們。

「優奈小姐，馬鈴薯切好了。」

「嗚嗚，我這邊也切好了。」

兩人分別把切好的材料拿給我。菲娜正在揉眼睛。切洋蔥真的很容易流眼淚。

我最後切好豬肉，完成備料。我只是要煮普通的咖哩，所以不會添加其他的材料。畢竟那樣很花時間。

準備好所有人份的材料後，我在鍋裡加油，放入豬肉翻炒。把肉炒熟之後，我加入蔬菜和水。

要做的份量很多，所以我準備了三個鍋子。這麼做也是為了煮成不同的辣度。

「我說優奈小姐，妳要做的料理是什麼？燉蔬菜嗎？」

不知道自己正在做什麼的安絲問道。

「這是一種叫做咖哩的料理。上次出去工作的時候，我有拿到香料。我想說既然來到海邊，就應該吃這道菜。」

「來到海邊就要吃咖哩嗎？我在密利拉也住了好一段時間，但從來沒聽過這種說法耶。」

「其實也不是海邊特有的食物啦。在我以前住的地方，不知道為什麼，咖哩就是來海邊一定要吃的料理。」

只不過，像我這種沒有朋友的家裡蹲當然不可能有去過海邊，所以不知道真正的海邊之家有沒有賣咖哩。我的知識都來自漫畫或動畫，據說海邊最常見的小吃是咖哩和拉麵。

「我沒吃過叫做咖哩的食物，但優奈小姐做的料理全都很好吃，所以我很期待。」

「咖哩很好吃的，敬請期待。啊，妳有準備白飯嗎？」

「別擔心，已經在煮了。」

不愧是安絲。我把白飯交給安絲處理，自己則顧著三個鍋子，撈掉雜質。

「優奈姊姊，我也可以幫忙。」

「好，那個鍋子就拜託妳了。」

我和菲娜一邊撈掉雜質，一邊煮著蔬菜。煮得差不多以後，我把火關掉，從熊熊箱裡取出香料。

「我看看，這個量大概要加這麼多吧？」

我確認份量，添加幾種香料。

幸好我來密利拉之前有先確認份量。

這一鍋是給小朋友吃的不辣咖哩，另一鍋是稍辣，第三鍋則是偏辣的咖哩。也就是甜味、中辣、大辣的差別。我的口味偏向中辣。

「聞起來有點嗆鼻呢。可是，又帶著一股獨特的香味。」

菲娜揉揉鼻子。

「對呀，聞起來有種辛辣的氣味。」

安絲煮著白飯，對咖哩的氣味發表感想。

咖哩的獨特香味確實有點嗆鼻。不過，這正好能刺激食慾。

「這就是咖哩香料的味道。雖然吃起來有點辣，但很好吃喔。」

我在小碟子裡裝了一點咖哩，試吃一口。

嗯，確實是咖哩的味道。

如果還能配上福神醬菜就更好了，但我實在是做不出來。

「優奈小姐，我也可以試吃一點嗎？」

我把咖哩裝到小碟子裡，遞給安絲與菲娜，供她們試吃。兩人慢慢接過小碟子，嚐了一口咖哩。

「哇，吃起來有點辣，但很好吃呢。」

「因為顏色有點奇怪，我本來還有點怕怕的，但很好吃。」

「顏色是來自這些香料。妳們剛才試吃的是這一鍋給小朋友吃的咖哩，比較不辣。然後，這一鍋稍微辣一點，那一鍋則是給大人吃的咖哩，口味偏辣。」

每一鍋的顏色都不太一樣。愈辣的咖哩，顏色愈深。

「妳們也要試吃這一鍋嗎？」

我指著最辣的一鍋咖哩。

「這鍋很辣吧。」

「確實比較辣，但這樣也滿好吃的。」

我最喜歡中辣的咖哩。甜味咖哩嚐起來好像少了些什麼，但大辣又會辣得蓋過味道。所以，我個人偏好中辣的咖哩。

安絲與菲娜決定挑戰大辣咖哩。雖說是大辣，但也沒有辣到讓小孩子不敢吃的地步。調味終究是基於我的感覺，辣度大約等於調理包咖哩的標示。我還在原本的世界時，經常一個人吃調理包咖哩。不過，不同品牌的辣度都不同，這一點實在很令人困擾。有些牌子的中辣相當於其他牌子的大辣。

兩人吃了一口大辣咖哩。

「好、好辣喔！」

菲娜大叫。我把事先準備的水遞給她。菲娜一拿到水就立刻喝光了。

「嗚～真的好辣。」

大辣咖哩對菲娜來說，好像有點太早了。不過，安絲似乎不怕辣。因為她習慣吃醃漬食品了

嗎?不過，兩者的辣味好像不同。

「的確有點辣，但配飯應該很好吃。」

「用來沾麵包或是拌烏龍麵，都很好吃喔。」

我也想吃咖哩麵包和咖哩烏龍麵。下次來做做看好了。

可是，既然都來到密利拉鎮了，或許也可以加蝦子、貝類或烏賊，煮成海鮮咖哩。

飯已經煮好了，於是我們去海邊把正在玩的孩子們叫回來。

「吃飯了～」

「肚子好餓喔。」

孩子們都聚集到飯廳。

堤露米娜小姐、根茲先生、露麗娜小姐等人也在其中。

「今天的午餐是優奈煮的吧。」

「我也有幫忙喔。」

菲娜訂正了堤露米娜小姐說的話。

「優奈，菲娜有幫上忙嗎?」

「她幫了很大的忙，已經可以嫁人了。」

「哎呀，是嗎?可是，她要嫁人的話，根茲應該會大吵大鬧呢。但如果是嫁給優奈，可能就沒關係了吧?」

「媽媽！」

菲娜一臉害羞地搥打堤露米娜小姐。

我笑著把裝著咖哩的鍋子和煮好的飯放到桌上。

「所以優奈，妳做了什麼？」

「一種叫做咖哩的食物。雖然有點辣，但很好吃喔。」

我叫孩子們排成一列，先把咖哩發給孩子們。我身旁的菲娜準備了盤子，安絲則將白飯裝到盤子裡。

最後由我來把咖哩裝到盤子裡。孩子們吃的是甜味咖哩。

「聞起來好奇怪喔。」

「感覺鼻子癢癢的。」

「你們可能會覺得有點辣，但很好吃喔。」

孩子們接過盤子後，紛紛回到座位上。然後，一旁的堤露米娜小姐在杯子裡裝水，發給大家。吃咖哩確實需要喝水。因為不管是哪種口味，多少都會辣。

「鍋子裡還有很多，大家盡量吃喔。」

我依序替孩子們裝咖哩，就輪到諾雅等人了。

「我好期待優奈小姐親手做的料理喔。可是，真可惜我們不能幫忙。」

「因為諾雅和米莎妳們都不會做菜嘛。」

我請菲娜來幫忙的時候，諾雅和米莎也表示願意幫忙，但我這次婉拒了她們。

「是沒錯，但我們還是可以幫忙洗菜呀。」

總不能讓貴族千金洗菜吧。

而且只要在裝了水的桶子裡使用風魔法，我就能輕鬆洗好蔬菜了。

「對了，希雅會做菜嗎？」

「我偶爾會跟史莉莉娜一起下廚，所以雖然不算擅長，但還是會做。」

因為希雅是貴族，我還以為她不會做這類的事。

「感覺米莎應該不會做菜吧。」

「太過分了，我也會做一些簡單的料理喔。」

米莎鼓起臉頰反駁。

原來這個世界的千金小姐也會做菜啊。

「對了，這種食物會辣，我煮了三種辣度，妳們要選哪一種？」

「請給我最不辣的那一種。」

「我也是。」

諾雅和米莎選了甜味咖哩。

「既然這樣，我就選第二辣的好了。」

「姊姊大人，妳可以分我吃一點嗎？」

「諾雅要吃的話，我在盤子淋上一點點好了。」

「可以嗎？」

我在諾雅的盤子裡裝了咖哩，主要是甜味，再淋上一點點中辣咖哩。然後，排在諾雅等人後面的瑪麗娜與艾兒選了中辣。其實我很想裝大辣咖哩給我的（胸部的）敵人——艾兒，但我已經在她面前詢問了辣度，所以我也沒辦法裝大辣咖哩給她了。

接著來拿咖哩的人是露麗娜小姐和基爾。

「優奈做的新料理啊，我有點期待呢。」

「露麗娜小姐，妳敢吃辣嗎？」

「當然敢，我最愛吃辣了。」

「那我幫妳裝最辣的。」

我把大辣咖哩淋到白飯上。這是第一份送出去的大辣咖哩。

「基爾也要最辣的嗎？」

「我要不辣的。」

「…………」

我正要裝大辣咖哩的手停了下來。

「妳別看基爾的體格這麼高大，其實他很怕辣。」

露麗娜小姐說出了令我意想不到的話。

「這跟體格沒有關係。」

基爾否定了體格大小與耐辣程度的關聯。

也對，兩者的確沒有關係。安絲不怕辣，露麗娜小姐好像也不怕，可見這跟性別也無關。

不論如何，我替基爾裝了甜味咖哩。

接著，莫琳小姐、卡琳小姐和涅琳選了中辣。

「我會怕辣。」

賽諾小姐和妮芙小姐選了甜味，弗爾妮小姐和貝朵小姐則選中辣。

院長與莉滋小姐選了甜味。

「根茲先生應該要吃大辣吧。」

「我也要不辣的。」

連根茲先生都選了兒童口味的咖哩。

堤露米娜小姐、菲娜與修莉也都選了甜味咖哩。好吧，兩個孩子會這麼選也很正常。可是，願意挑戰大辣咖哩的人比想像中還要少。這下子大辣咖哩就要剩下來了。

加些牛奶的話，或許就能降低辣度了吧？

然後，我們一起開飯。

周圍紛紛傳來「真好吃」的感想。有些孩子又多添了一盤。麵包沾咖哩也很好吃，於是我從熊熊箱裡拿了麵包出來。

或許是受到咖哩的香味所吸引，不知道從何處跑來的克里夫、葛蘭先生和米蕾奴小姐也中途加入了我們的行列。

為了消耗大辣咖哩的庫存，我默默地替克里夫和米蕾奴小姐裝了大辣咖哩，但他們都吃得津津有味，讓我覺得有點不甘心。雖然那本來就不是讓人吃不下去的辣度，但我還是希望他們能多少有點反應。

順帶一提，我替葛蘭先生裝了甜味咖哩。對待老人家就要溫柔一點才行。

對於應該是來護衛葛蘭先生與克里夫的瑪絲莉卡與伊蒂亞，我確實說明了不同的辣度，替她們裝了想吃的咖哩。

享用完這次的咖哩飯，大家幾乎都給出了好評。

提露米娜小姐問我是不是要拿到店裡賣，但我否認了。要是菜單的品項再增加，店裡就會忙不過來，而且香料的取得也很麻煩。就算要定期訂購，運費也很貴。

我懶得每次都用熊熊傳送門去買，況且要是被卡麗娜發現，那就麻煩了。

不過，香料可以長期保存，只要大量採購就行了嗎？好像可以密封起來，保存在冰箱裡吧？

也罷，這種事沒必要馬上決定。

以後再慢慢思考就好。

404 熊熊製造夏日風情（第七天）

吃完咖哩飯之後，下午是能在海邊玩的最後一段時光。可是，孩子們卻開始打掃起熊熊大樓。我不知道是誰提議的，但大家似乎已經約好要在回去之前一起打倒熊熊大樓。

雖然我說「不用打掃也沒關係」，但孩子們說「這是為了感謝優奈姊姊」，所以我也沒辦法再多說什麼了。我決定坦然接受孩子們的心意。

孩子們分成幾組，開始打掃大通鋪、浴室、廁所、庭院等區域。看到他們這麼做，身為貴族的諾雅等人也說「我們也很感謝優奈小姐」，於是開始打掃自己住過的房間和走廊。

菲娜和修莉也跟堤露米娜小姐、根茲先生一起打掃。

料理組負責打掃廚房、飯廳和一樓。看到孩子們開始打掃，大人也加入了打掃的行列。看到露麗娜小姐和艾兒用水魔法沖洗熊熊大樓的外牆時，我很驚訝。

我正想幫忙打掃的時候，孩子們就說「優奈姊姊不要打掃啦」、「優奈姊姊不可以幫忙」、「我們會打掃乾淨，所以優奈姊姊去房間外面」，把我趕出有大家在的房間。

孩子們忙著做事，自己卻什麼都沒做，實在是讓人靜不下來。被趕出房間的我回到了自己的房間。

我沒有事情可做，只好跟小熊化的熊緩與熊急一起，久違地睡了懶覺。

說來說去，這一個月確實很忙碌。在沙漠與毒蠍戰鬥，好像已經是很久以前的事了。不過，其實那只是前陣子發生的事。

然後，旅行轉眼間就要結束了。

這七天的旅行，發生了好多事。我們到海邊玩，遇到許多漁夫來拜訪，還搭了船。最令我驚訝的是移動島嶼——塔古伊。我從來沒想過世界上還有那種生物存在。

而且我帶著菲娜等人探險時遇到了飛龍，讓我捏了一把冷汗。我靠著密室騙過了希雅她們，正好驗證了有備無患這句話。

另外，讓我覺得最勞心傷神的事，或許是挑選泳衣吧。

話說回來，我沒想到竟然沒有孩子吵著不要回克里莫尼亞。大部分的孩子似乎都很想快點回去。

其中最多的理由是擔心咕咕鳥。在店裡工作的孩子也說想快點回去工作。有許多孩子都對自己沒有在工作的事情感到不安。

這次是不是休假太久了呢？

跟黃金週相比，長度其實差不多。如果是對長假沒什麼概念的人，太長的休假似乎會讓他們感到不安。莫琳小姐和卡琳小姐也想快點回到店裡，安絲等人則是一有時間就會去迪加先生那

裡。

我躺在床上回想這幾天發生的事，就不小心跟熊緩和熊急一起睡著，直到菲娜呼喚才醒來。

然後，多虧大家的努力，熊熊大樓變乾淨了。

那天晚上，為了替大家留下海邊旅行的回憶，我決定舉辦某種夏天特有的活動。

我帶著所有人來到熊熊大樓的屋頂。克里夫和葛蘭先生也在。因為時間有點晚，有些孩子很想睡，但機會難得，我希望他們能好好觀賞。

「優奈小姐，妳要帶我們來看星星嗎？」

「看星星也不錯，但不太一樣。」

這個世界的空氣很乾淨，所以星空非常漂亮。這對住在都市的我來說是很美的景色，但對住在這個世界的諾雅等人來說卻很普通，只是晚上抬頭一看就能見到的景色。所以，我準備了別的東西。

「克里夫你們也好好欣賞吧。」

「我是不知道妳想做什麼，但千萬別做蠢事喔。」

什麼叫蠢事？我只是想努力讓大家高興而已耶。

「我很期待喔。」

米蕾奴小姐好像很高興。

「是啊，一想到小姑娘會為我們做什麼，我到了這個年紀還是很期待。」

葛蘭先生也很期待。

「我會努力回應大家的期待的。那麼，我要稍微準備一下，大家邊吃冰淇淋邊等吧。」

「冰淇淋！」

孩子們都有了反應。

「一人只能吃一個喔，不可以吵架。而且等一下要看海的方向喔。菲娜，接下來拜託妳了。」

我這麼拜託唯一知道我要做什麼的菲娜。然後，因為我懶得走樓梯，於是從熊熊大樓的屋頂上跳了下去。

我的舉動讓大家驚聲尖叫，但我漂亮地著地了。

「優奈姊姊好厲害！」

「好帥喔！」

歡呼聲響徹了夜空。

「大家不可以模仿喔。」

「沒辦法啦～～～～」

「我們才不會呢～～～～」

「請不要嚇我們！」

諾雅和孩子們的聲音從上面傳過來。因為小孩子很喜歡模仿，所以我才會姑且告誡他們。雖然我一開始別跳下來就沒事了。

叮嚀過孩子們之後，我朝海邊奔去。

時間稍微回溯。

昨天晚上，吃完飯之後，我叫住了正要回房間的堤露米娜小姐和菲娜。

「今天晚上，菲娜可以借給我一下嗎？」

我向身為監護人的堤露米娜小姐詢問是否可以帶走菲娜。

「找菲娜嗎？當然可以。」

堤露米娜小姐這麼說完，也沒有問過本人的意願，就這麼從背後把菲娜推給我，於是我心懷感激地接住了她。

「媽媽！」

菲娜對堤露米娜小姐大叫。這時修莉看著我說：

「只找姊姊嗎？」

「嗯～因為我們可能會有點晚回來。」

「只找姊姊，好好喔。」

雖然也可以告訴修莉，但我這次決定先保密。

「已經很晚了，妳也會想睡吧。雖然不能代替菲娜和我，但妳就跟牠一起睡吧。」

我把地上的小熊化熊急抱起來，交給修莉。

跟熊急在一起，她應該就不會寂寞了。修莉看著熊急和我，然後輕輕點頭。

「下次也要帶我一起去喔。」

「嗯，下次一起去吧。」

然後，在旁邊聽著我們說話的根茲先生小聲說道：「為什麼不問我？」但我當作耳邊風。因為不管怎麼看，都是堤露米娜小姐比較有決定權嘛。實際上就算沒取得根茲先生的同意，我還是借到菲娜了。

我帶著借來的菲娜，走向自己的房間。

「所以，優奈姊姊，妳到底要做什麼呢？」

「嗯，有件事我一個人沒辦法確認，需要妳來幫我的忙。」

我打開自己房間裡的另一扇門，走進設置了熊熊傳送門的隔壁房間。

「我們要去別的地方嗎？」

光是看到熊熊傳送門就懂了，不愧是菲娜。她的觀察力很好。我打開熊熊傳送門，帶著菲娜走進門內。小熊化的熊緩快步跟在我們後面。

傳送門連結的是位於塔古伊之上的熊熊屋。我帶著菲娜走到屋外。

菲娜左顧右盼地看著四周。

「優奈姊姊，這裡是哪裡呢？」

菲娜一臉不安地問道。菲娜從剛才開始就一直在問問題，但這也要怪我什麼都沒告訴她。周圍只有樹林，難怪她看不出這裡是哪裡。

「這裡是我們上次來過的移動島嶼。」

「為、為什麼要來這裡？魔物……而且什麼時候有這棟房子的……」

「魔物都消失了，妳不用怕。房子是上次來的時候，我先設置了門，然後才來蓋好的。」

菲娜用傻眼的表情看著我。

「可是，我們來這座島要做什麼呢？就算要做事，這裡也暗得什麼都看不見。」

這裡的確很暗。我用光魔法變出熊熊光球，照亮我們四周。

「我想用魔法來放煙火。可是，我一個人不知道效果如何，才想請妳來幫我看看。」

「……煙火？煙火是什麼？」

菲娜微微歪起頭。

我想也是。突然聽到煙火這個新名詞，她也不會懂。我該怎麼說明呢？

「呃，煙火就是把光魔法打到天上，做出火花的表演。」

「在天上做出火花嗎？」

菲娜再次微微歪頭，陷入沉思。

嗯～～～好難說明喔。要向別人說明對方不知道或沒見過的東西，真的很困難。

我撿起掉在地上的樹枝，在地面畫起煙火的示意圖。

「妳看，我會從地上往天空放出光魔法，所以請妳站在遠處看看，然後再告訴我感想。」

我在地上畫出代表菲娜的人，並在遠處畫出代表我的人。接著，我畫出自己朝天上放魔法的樣子。

「我大概懂了。優奈姊姊，妳要用光魔法來畫出圖案吧。」

嗯，大概就像那樣。

我把熊緩變大，跟菲娜一起騎著熊緩移動。我們來到塔古伊的頭部附近，也就是庫琉那・霍克的石碑所在的地方。

「好了，妳把熊熊電話拿出來。我看看，妳就面向那邊的天空吧。」

我用熊熊玩偶手套指著天空。菲娜按照我的指示，拿出熊熊電話。

「那麼，熊緩，菲娜就拜託你了。」

「咿～」

我朝自己剛才指的方向奔跑，遠離菲娜所在的地方。

這附近應該可以吧？

我也取出熊熊電話，打給菲娜。

「菲娜，聽得見嗎？」

『是，我聽得見。』

「那麼，妳要看著天空喔。」

我朝天上放出光魔法。

光魔法搖曳著飛向高空，然後擴散成圓形。

「菲娜，怎麼樣？看起來像圓形嗎？」

『我也不太確定，光是朝側面擴散成一條線。這就是煙火嗎？』

朝側面擴散？

「不是圓形嗎？」

『嗯～看起來比較像拉長的圓形。』

對喔。如果我從下方看起來是圓形，從菲娜的角度看過去就是線，或是細長的圓形。沒有做成球體，而是圓圈，我真笨。而且還是從下方看上去的狀態。

我再度朝天上放出光魔法。

『這次是完整的圓形！就像是從中心擴散出去的感覺。』

菲娜的聲音從熊熊電話傳出。

好，接下來就是應用篇了。

這次我重疊好幾個圓，或是畫出螺旋狀的圖案，往天上放出各種造型的光魔法。煙火本來從四面八方觀看都會呈現同樣的形狀，但我這次只針對菲娜所看的方向。因為觀眾只在熊熊大樓，所以沒問題。

可是，我的技術不太好，菲娜在過程中說道『這是什麼？』、『形狀不好』、『沒有成功』、『我看不到』，給出不少批評。

……可是，經過練習之後……

我聽到『好漂亮』、『我看見了！』、『優奈姊姊好厲害』、『就像河水一樣流下來了』等興奮的聲音從熊熊電話傳出來。

嗯，這樣一來就沒問題了。多虧菲娜的幫忙，煙火完成了。可是，明明沒有用到火，叫做煙火好像有點怪怪的。但話雖如此，我也想不到別的名稱，所以還是決定叫它煙火。

只不過，沒有聲音是唯一的缺點。再怎麼用光魔法呈現爆炸的效果，還是沒有聲音。即使混入一點火焰，也還是沒有聲音。

另外，其實我也想過要使用電擊魔法，弄出更華麗的效果，但還是作罷。

我決定放棄聲音。

到了當天，我來到海岸，朝天空放出模擬煙火。

『有東西在發光耶。』

『好漂亮。』

『哇～～～』

『又飛到天上了。』

孩子們的聲音從熊熊電話傳出。我請菲娜拿著熊熊電話，實況轉播來自熊熊大樓屋頂的聲音。

當然了，如果有人說出傷人的話，我本來打算掛斷，但似乎不必擔心了。

我連續放出煙火，有時候也會自己跳到高處，往左右兩側發射光魔法。我現在的打扮是黑熊服裝，就算跳起來放魔法也會融入黑暗。

擴散的煙火與流星般的煙火飛向空中。到了中途，我放的已經不是煙火，而是用光魔法在天上作畫。然後，為了讓孩子們開心，我想到了熊熊煙火。我覺得這是最困難的。不過，其他動物畫起來明明很困難，但只要在腦中想像，就只有熊可以簡單地畫出來。這或許也跟熊熊屋和熊熊魔法一樣，屬於熊熊能力的其中之一。

完成的熊臉煙火在空中綻放。孩子們歡呼的聲音從熊熊電話傳了過來。

雖然是無聲的煙火，結果還是非常成功。

可是，似乎也有密利拉的居民看到了這場煙火。聽說居民原本還以為發生了什麼事，但看到最後的熊熊煙火就知道是我做的，這才終於感到放心。既然看到熊就會想到我，可見在密利拉鎮，「熊＝我」的公式已經成立了。我很想否認卻辦不到，這一點令我感到很悲哀。

405 熊熊回到克里莫尼亞（第八天）

隔天早上，我們正在準備返克里莫尼亞的時候，有許多人都特地來道別。

首先是傑雷莫先生。

「滑水道的事情就拜託你們了。」

「嗯，我們會好好管理的，放心吧。只不過，事情可能會有點麻煩。」

據說他們也會在克里莫尼亞進行宣傳，計劃吸引更多遊客。

遊客增加，隧道通行費的收入也會增加，而且遊客會將錢花在住宿、餐飲、特產等地方，使更多居民受惠。

可是，因此而忙碌的人也會相對增加。

傑雷莫先生嘆著氣說道「工作又要變多了」。

我從他口中聽說，負責警備工作的阿朵拉小姐也露出了有點厭煩的表情。

阿朵拉小姐本人也有來，還說「下次換我去克里莫尼亞了」。

我只回應了這句話：

「妳不要穿這種衣服來喔。」

如果她穿著強調胸部的暴露服裝過來，那就傷腦筋了。

「可是穿衣服很熱耶。」

就算在密利拉可以，在克里莫尼亞也不行。

就跟泳衣一樣，在沙灘上穿可以，但不能穿到街上。

「妳要是穿成這樣過來，我會假裝不認識妳。」

「好啦，我會穿正常的衣服去的。」

這樣就可以放心了。

然後，克羅爺爺、達蒙先生和尤拉小姐來了。聽說漁夫們也想來送行，但克羅爺爺阻止了他們。

對於這件事，我很感謝克羅爺爺。

不過，克羅爺爺和達蒙先生他們其實不必特地來道別的。

雖然我這麼想，克羅爺爺卻說「這是為了表達謝意」。我總覺得他這句話也包含了塔古伊的事。曾有飛龍出沒的事，是我跟克羅爺爺之間的祕密。

迪加先生忙得離不開旅館，所以安絲替他傳了話給我。他說「下次我請妳吃好料，妳隨時都

可以來」。

最後還有當地的孩子來替孤兒院的孩子送行。他們一起玩過，似乎成了好朋友。

雖然在其他城鎮交到朋友是好事，但以後就很難見到面了。希望明年有機會能再帶他們過來。

向熟人道別後的我拿出熊巴士，請大家上車。

其中也包括克里夫、葛蘭先生與米蕾奴小姐。

他們的工作大致結束了，所以要跟我們一起回去。

姑且不論葛蘭先生，克里夫和米蕾奴小姐還有克里莫尼亞的工作正在等著他們。

「這就是諾雅說過的熊馬車嗎？我和諾雅搭同一輛小熊就可以了吧。」

「父親大人，我們回程時要搭熊急馬車喔。」

諾雅來的時候是搭熊緩巴士，所以回程時要搭熊急巴士。

克里夫與葛蘭先生跟著諾雅、希雅與米莎，希雅的身後又跟著瑪絲莉卡和伊蒂亞。

順帶一提，克里夫等人搭過的馬車要由一起前來的瑪麗娜等人來駕駛，但卻遇到了一點問題。

克里夫與葛蘭先生聽了諾雅所說的話，決定搭熊巴士回去，所以就不需要來自克里莫尼亞的馬車了。

因此，瑪麗娜她們的其中一人需要駕駛馬車回去，但她們四個人都想搭熊巴士。瑪絲莉卡和伊蒂亞說要護衛克里夫與葛蘭先生，但瑪麗娜和艾兒也說要護衛米莎。最後我們決定讓沒搭過熊巴士的瑪絲莉卡和伊蒂亞上車，請瑪麗娜和艾兒駕駛克里夫與葛蘭先生搭來的馬車回去。

雖然她們倆很失望，但這也是工作之一。

「我該搭哪一輛呢？」

米蕾奴小姐問道。

「哪一輛都可以。」

迷你巴士可以承載九個人。

諾雅等人搭乘的熊急巴士有諾雅、米莎、希雅、克里夫、葛蘭先生、瑪絲莉卡、伊蒂亞等七個人，熊緩巴士也載著安絲和莫琳小姐等料理組的七個人。再說，大熊巴士也還有空位可以容納一個人。

所以米蕾奴小姐想搭哪一輛巴士都沒問題。

「我想想。既然這樣，我也想跟堤露米娜小姐談談養鳥和餐廳的事，所以就跟她搭同一輛巴士好了。」

說完，米蕾奴小姐便走向堤露米娜小姐。

幾個小時後，從密利拉鎮出發的熊巴士抵達了克里莫尼亞的門前。員工旅行平安結束了。

在熊巴士裡睡覺的孩子們揉揉眼睛，踏上歸途。還有精神的孩子為了回去看咕咕鳥的狀況，跑著離開了。莉滋小姐趕緊追上他們。

「優奈小姐，這次真的非常謝謝妳。我想孩子們應該都玩得很開心。自從遇到優奈小姐，孩子們就愈來愈常露出笑容了。這都是多虧了優奈小姐。」

院長高興地看著孩子們活潑地奔跑的樣子。

院長向我輕輕鞠躬，然後牽著年幼孩子的手，返回孤兒院。克里夫望著她的背影。

「她說得對。當初就是因為我疏於監督，那些孩子才會失去笑容。」

克里夫低聲說道。克里夫身為這座城市的領主，我不會說他沒有責任，但原因在於他的部下貪汙。我覺得克里夫只錯在沒有及早發現這一點。

不論是哪個世界，就算領導者很認真，部下也不一定優秀。我以前也經常在電視上看到有人挪用公司資金的新聞。可是，管理部下就是領導者的工作。用人真是一門困難的學問。

這讓我突然想到，如果在店裡工作的孩子們做了壞事，我應該負起監督的責任嗎？不過，我覺得孩子們應該不會做出給院長或莉滋小姐惹麻煩的事。

如果小孩子給別人添了麻煩，大人就應該負起責任。例如身為大人的我，或是我。可是，我得防止類似的情況發生。

克里夫目送孩子們離去之後，便帶著葛蘭先生和諾雅等人回到宅邸。

我目送他們離去，這時妮芙小姐向我走來。

「優奈，這次真的很謝謝妳。回到鎮上見過親友之後，我已經解開心裡的結，感覺好像能踏出新的一步了。這都是多虧有妳和院長。」

妮芙小姐對我道謝。鼓勵她去見親友的人是院長。我只是帶她去密利拉鎮而已，什麼都沒做。

妮芙小姐對我低頭鞠躬，然後小跑步跟上院長與孩子們。

安絲等密利拉人都高興地看著妮芙小姐。她們應該不會說要回到密利拉吧？如果她們真的那麼說，我也沒立場挽留就是了。

「那麼，我們明天也要開始努力工作了。」

「後天才要開門營業吧。」

「優奈小姐，我們玩得很開心。非常謝謝妳的招待。」

「優奈，謝謝妳。」

安絲等人揮揮手，朝餐廳的方向走去。

莫琳小姐、卡琳小姐和涅琳等三人也在道謝之後踏上歸途，米蕾奴小姐則說著「我得回去工作了」，然後離去。

另外，露麗娜小姐和基爾要跟同樣身為冒險者的瑪絲莉卡與伊蒂亞一起去吃頓飯。

最後留在現場的人只有菲娜、修莉、堤露米娜小姐與根茲先生。

「好了，我們也走吧。」

堤露米娜小姐牽著修莉的手，踏出步伐，而根茲先生也走在她身邊。

這麼看起來，我覺得他們已經變成真正的一家人。

我也跟菲娜一起踏出步伐。

我回到家也是一個人，所以堤露米娜小姐邀請我一起吃晚餐。我一開始拒絕了，但菲娜和修莉也邀請我，所以我最後還是不好意思拒絕。

「優奈姊姊，謝謝妳。自從認識優奈姊姊，我就遇到好多開心的事喔。」

菲娜筆直地望著我。

「媽媽的病好了起來，根茲叔叔變成我們的爸爸，修莉也變得比以前開朗，而且我去了王都、去了海邊，真的好幸福。」

「我也很高興能遇見妳。因為認識妳之後，我也遇到很多開心的事。」

「真的嗎？」

「真的。」

「優奈姊姊，今後也請妳多多指教。」

「我才是呢，拜託妳嘍。」

「嗯！」

菲娜帶著滿臉笑容，點了點頭。

我真的很慶幸能遇見菲娜。

405

熊熊回到克里莫尼亞（第八天）

熊熊勇闖異世界 15

新發表章節

到鎮上散步　諾雅篇

今天我要遵守跟父親大人的約定，到鎮上四處參觀。其實我很想去玩，但身為領主的女兒，我必須努力學習。這就是我這次能來海邊玩的條件之一。

昨天我在港口參觀漁夫們開船和工作的過程，也聆聽他們的講解，甚至搭船出海。搭船之後我才明白，船員的工作就跟冒險者一樣，伴隨著危險。

航向愈遠的海域，海浪就愈高；天候不佳的時候，船身似乎會晃得更厲害。萬一掉進海裡就危險了。聽說真的有人因為落海而死。所以，漁夫會再三叮嚀孩子們，以免有人掉進海裡。

另外，好像有些人搭船就會感到不舒服。我沒有這個問題，但我認識的某個在麵包店工作的孩子就露出了很不舒服的表情。

上午的時候，我都在聽解說或搭船，而吃過午餐後，有人會來教大家釣魚。我當然也要參加這場活動。

雖然也有用漁網捕獲許多魚的方法，但這次我們要用傳統的釣竿來釣魚。

釣魚比想像中還要辛苦。我請陪著我們的瑪麗娜來幫忙，總算是把魚釣上來了。

漁夫的工作真的很辛苦。

我以後一定要帶著感謝之意吃魚。

不過，這次的活動真的是很棒的經驗。

我必須把這次參觀的心得寫在紙上，交給父親大人。

可是，光寫港口的事情還不夠，所以今天我要跟米莎和姊姊大人一起去鎮上參觀。因為只有我們上街就太危險了，所以身為護衛的瑪麗娜與艾兒當然也會一起來。

「諾雅姊姊大人，我們要去哪裡呢？」

「我想想。姊姊大人，妳會去哪裡？」

米莎問的是我，但我把話題丟給姊姊大人。

「嗯～難得一大早出門，我覺得應該去市場看看比較好。人家都說市場是一座城鎮的象徵。」

「可是，市場不是只有魚嗎？」

「嗯，或許是那樣沒錯，但也可能有別的東西呀。」

的確，這麼說也對。畢竟我們並沒有實際去看過。

「另外只要按照父親大人和母親大人的要求，到處看看居民與店家就行了。」

不愧是姊姊大人，已經很有經驗了。

「那麼我們就去市場吧。」

我們向路上行人詢問市場的地點，朝目的地前進。

「市場果然有很多從海裡捕到的東西呢。」

攤販上擺著魚和貝類等海產。

「這麼一看就會發現，魚和貝類也有許多不同的種類呢。」

賣到克里莫尼亞的東西或許只佔了一部分。

「就是呀。我有吃過幾次海鮮，但這裡也有很多我沒見過的魚。」

這幾天我們常常吃魚，但就像米莎所說的，這裡有許多我們沒見過的魚。

「味道應該都不一樣吧？」

不同動物的肉，味道也都不太一樣。

我們詢問賣魚的人，人家便笑著為我們解說了。

他們說有些魚的吃法不同，也有些魚的美味程度會隨著季節改變。

真是太深奧了。

在市場也能看到商人採購漁獲的身影。

「好像也有商人會來呢。」

商人駕駛馬車前來，把採購到的漁獲搬上馬車。

「那些是要運送到克里莫尼亞的嗎？」

照理來說，很有可能是送到克里莫尼亞。

「希望他們也能運送到錫林。那樣一來，我們就能隨時吃到海鮮了。」

米莎有點羨慕地這麼說道。

「如果妳這次寫到類似的內容，妳的爺爺應該也會考慮吧？」

「說得也是。不只是父親大人，我也會試著拜託爺爺大人的。」

「到時候要記得說明好處與壞處喔。如果只提到好處，說不定會被批評是只看到事情的表面。」

「的確，好像很困難呢。」

「不過，這部分算是父親大人他們的工作，所以妳只要好好寫下自己的想法，他們一定會懂的。」

「好的。」

然後，我們也確認了買賣的商品內容，以及哪些人購買了商品。

參觀完市場之後，我們決定移動到商店街。

我們來到有許多店家並排的街上。

街上有服裝店和雜貨店等各式各樣的店家。

有些東西在克里莫尼亞也有賣，有些東西則是我第一次見到，看來不同地區賣的東西都不太一樣。

我逛得太開心，差點忘了要寫心得。

我邊走邊看著每家店，突然發現某家店的窗框上有個令我很感興趣的東西。

因為我停下了腳步，所以姊姊大人這麼問道。

「諾雅，妳怎麼了？」

「那裡有熊熊耶。」

我指向裝飾在窗邊的熊熊。

「真的耶，是熊熊。那是有人賣的東西嗎？」

這裡好像是一家雜貨店。

「我們進去看看吧。」

我們請瑪麗娜與艾兒在外面等待，然後走進店裡，移動到擺著熊熊的貨架。

「的確是熊呢。」

姊姊大人看著擺放在貨架上的熊熊。

那是用木材雕成的熊熊擺飾。

熊熊有各種尺寸，從可以放在手掌心的大小，到相當於人頭的大小都有。

「可愛的小妹妹們，歡迎光臨。」

我們正在看熊熊的時候，一位女店員向我們打招呼了。

「請問這是什麼呢？」

「小妹妹，妳們不是這座城鎮的居民吧。」

「是的，我們的確不是。」

「既然這樣，妳們就不需要這種東西了。」

「為什麼呢？」

「因為這是出海的護身符。」

「熊是出海的護身符？」

熊是生活在森林裡的動物，並不是生活在海裡。

熊跟大海沒有什麼關聯。

「這座城鎮是被熊拯救的喔。」

「被熊拯救？」

米莎歪起頭。

可是，我馬上就懂了。

「妳說的熊，該不會是指優奈小姐吧？」

「小妹妹，妳該不會認識一個打扮成熊的女孩子吧？」

「如果是那個打扮成可愛熊熊的女生，我認識她。」

「既然妳們是從克里莫尼亞來的，知道熊姑娘的事也不奇怪。」

「是的，她是我的朋友。」

還是應該說好友？可是，感覺又有點像我的姊姊大人？

算了，這時候回答朋友應該沒問題。

「我不能透露詳細情形，但這座城鎮是被那個熊姑娘拯救的。所以，我們才會販賣這種熊造型的護身符，祈求安全。」

對了，我記得父親大人說過，連結克里莫尼亞和密利拉鎮的隧道是優奈小姐挖的。

因為這件事，父親大人有許多工作要忙，某段時間累得不得了。

難道兩者之間有關係嗎？

「所以，這裡才會賣熊的擺飾嗎？」

「我也說過了，這種東西跟來自克里莫尼亞的妳們沒有什麼關係喔。」

「不，沒有那回事。我非常能了解居民的心情。」

「沒錯，因為我們也有受到熊熊的幫助。」

「我也一樣。」

米莎和姊姊大人也這麼回應女店員。

「米莎和姊姊大人都好奸詐喔，說得好像只有我沒有受到優奈小姐的幫助一樣。」

「最奸詐的人明明就是跟優奈小姐一起住在克里莫尼亞的諾雅吧。」

「我也這麼認為。」

「話是這麼說沒錯……」

姊姊大人住在王都，米莎則住在錫林城。住得離優奈小姐最近的人是我。

「那妳們打算怎麼辦？要買嗎？」

女店員這麼問道。

我再度掃視放著熊熊擺飾的貨架。

跟優奈小姐給我的可愛熊熊擺飾比起來，這裡的熊熊果然還是差了一點，但這也沒辦法。

不過，我還是很想要買個護身符。

「那麼，我想買下這一個。」

我指向一個掌心大小的熊熊擺飾。

「謝謝惠顧！」

「那我也買一樣的好了。」

「既然妳們兩個都要買，那我也要買。」

米莎與姊姊大人也拿起了熊熊擺飾。

「妳們也要買嗎？」

「難得來一趟嘛。這樣我就有一件趣事可以說給認識優奈小姐的同學聽了。」

「因為我覺得熊熊的護身符應該很有效。」

看到她們兩個人拿著熊熊護身符，我想到了一個好點子。
「我還要再買這三個。」
「諾雅姊姊大人，妳要買四個嗎？」
看到我又多買了三個，米莎很驚訝。
「這是要買給菲娜、修莉和雪莉的份。我想買給熊熊粉絲俱樂部的另外三個人。」
我們付了錢，買下熊熊護身符，然後走到店外。
「剛才提到的熊熊粉絲俱樂部，好像是妳成立的團體吧？」
「對呀，這是熊熊愛好者組成的團體。我們會互相分享熊熊的資訊。所以，這也是交流的一環。」
「目前熊熊粉絲俱樂部有幾個人？」
「包含我共有五個人。」
「人數還這麼少啊。」
「熊熊粉絲俱樂部可不是誰都能加入的喔。身為會長的我，審查起來可是很嚴格的。」
我一開始的目標是一萬人，但品質比人數重要。
「既然這樣，我也加入這個粉絲俱樂部好了。」
「姊姊大人也要加入嗎？」
「我也很喜歡優奈小姐，她也幫過我很多次嘛。而且妳們不是會分享資訊嗎？我可以提供優奈小姐在王都的情報喔。」

我握住姊姊大人的手。

「姊姊大人！請妳務必加入。」

我把熊熊粉絲俱樂部的六號會員卡交給姊姊大人。

「六號啊。」

「身為會長的我是一號，副會長菲娜是二號，米莎是三號，修莉是四號。另外，做出熊熊布偶的雪莉是五號。」

「所以我是六號嘍。」

「妳比較想要其他的號碼嗎？」

「六號就好了。」

這麼一來，如果優奈小姐去了王都，我們就能接到王都的資訊。如果她去錫林，還有米莎在。熊熊的小圈圈變得愈來愈大了。

可是，這座城鎮——密利拉沒有能分享情報的熊熊粉絲俱樂部成員，真是太可惜了。

「那麼，今天晚上就邀請姊姊大人加入，舉辦熊熊粉絲俱樂部的聚會吧。」

我好期待。

後來，我們繼續散步，吃完午餐後，便去沙灘找優奈小姐玩了。

熊熊粉絲俱樂部　菲娜篇

來到密利拉鎮旅行的某天晚上，諾雅大人說熊熊粉絲俱樂部要聚會，所以我跟修莉一起去了諾雅大人的房間。

「姊姊，我們要做什麼？」

「我不知道，應該是聊關於優奈姊姊的事吧。」

熊熊粉絲俱樂部是諾雅大人成立的團體，目的好像是聊關於熊熊的事。我和修莉都是會員。而且，我還被任命為副會長。

我們來到諾雅大人的房間前，遇到了雪莉。

「菲娜、修莉！」

雪莉一看到我們就露出放心的表情，跑到我們面前。

「太好了，諾雅兒大人邀請我，我真不知道該怎麼辦。」

雪莉也是熊熊粉絲俱樂部的一員。

可是看到她的反應，我覺得有點懷念。我以前也跟現在的雪莉一樣。剛認識的時候，我連跟諾雅大人說話都會緊張。

「諾雅大人是個好人，別擔心。我們一起進房間吧。」

「嗯。」

我們一敲門，諾雅大人就出聲回應，並打開了門。

「歡迎，我一直在等妳們。」

諾雅大人拉起我的手，帶我走進房間。修莉和雪莉跟在我們後面。

房間裡除了諾雅大人，還有米莎大人與希雅大人。

可是，本來應該在同一個房間裡的瑪麗娜小姐與艾兒小姐不在。她們出門了嗎？

「我準備了飲料和點心，現在就開始熊熊粉絲俱樂部的聚會吧。」

我們各自找椅子坐下，或是坐在床上。

「首先，我要跟大家介紹新成員。這位是熊熊粉絲俱樂部的六號會員——我的姊姊大人。」

「我是希雅，請多指教嘍。這個俱樂部好像很有趣，所以我也加入了。如果想知道優奈小姐在王都的情報，那就交給我吧。」

這下子優奈姊姊麻煩了。

優奈姊姊的一舉一動都被大家掌握了。

「另外，雖然大家應該都已經認識雪莉，但我還是要介紹一下。這位是五號會員雪莉。雪莉，請跟大家說句話。」

「……呃，我是雪莉。請大家多多指教。」

「已經說完了嗎？雪莉是做過熊熊布偶和泳衣的人。因為她會做熊熊布偶，所以我就邀請她加入了。」

諾雅大人代替雪莉，介紹她給大家認識。

「雪莉，以後也要請妳多多指教了。」

「好、好的，請多多指教。」

雪莉緊張地對米莎大人低頭鞠躬。

「不用這麼緊張，沒關係的。因為妳是替我們做泳衣的好朋友嘛。」

「不，那個……好的。」

我非常能體會雪莉現在的心情。就算對方叫自己不用緊張，她也辦不到。我當初也是這樣。

「對了，請問今天要聊些什麼呢？」

米莎大人這麼問諾雅大人。

「這個嘛，我們來分享情報吧。因為菲娜沒有告訴我關於熊熊馬車的事。」

「那是幾天前發生的事，所以我來不及告訴諾雅大人。」

「我知道。所以，我想藉這個機會請大家分享情報。」

諾雅大人這麼說，於是熊熊粉絲俱樂部的聚會開始了。

我首先提到優奈姊姊做出熊熊馬車的事。我說我們搭了各式各樣的馬車，弄得腰很痛的事，諾雅大人就露出了羨慕的表情。

雖然這件事聽起來好像很好玩，但馬車跳起來的時候，我的腰真的很痛。

然後，諾雅大人說了她們到密利拉的街上散步的事。

「我們到街上散步，就找到這個了。」

諾雅大人從袋子裡拿出一個小小的熊熊擺飾。

「這是？」

我好像在哪裡看過。

「店員告訴我們，這是保佑出海平安的熊熊護身符。」

我想起來了。

媽媽說這是出海的護身符，當時還笑著拿出類似的東西給優奈姊姊看。

「雖然我們不會出海，但我也買了大家的份。」

修莉伸手拿起熊熊。

「這跟媽媽買的東西一樣耶。」

我本來想摀住修莉的嘴巴，但來不及了。

諾雅大人那麼高興地拿出熊熊，我本來想假裝不知道，但失敗了。

「妳看過嗎？」

諾雅大人露出有點驚訝的表情。

「呃，因為我們媽媽也有買。」

我坦白回答。

「原來是這樣呀。真可惜先找到的人不是我。」

「可是，菲娜和修莉應該都沒有吧？」

在一旁聽著的希雅大人這麼問道。

「是的，我們沒有。」

「嗯，媽媽沒有給我們。」

雖然修莉很想要，但因為媽媽只買了一個，覺得只給修莉就太不公平了，所以沒有給我們。

媽媽說：「把它放在家裡吧，它一定會保佑我們全家平安的。」

「諾雅，既然她們兩個人都沒有，那就沒問題了吧？」

「說得也是。如果妳們三個人願意收下，我會很高興的。」

諾雅大人重新把熊熊遞給我們。

我坦率地收下了。

「諾雅大人，非常謝謝妳。」

「諾雅姊姊，謝謝妳。」

「雪莉也請收下吧。」

「謝、謝謝您。」

我們收下熊熊之後，雪莉也緊張地收下了。

「可是，只有我們收禮物，沒關係嗎？希雅大人與米莎大人的份呢？」

如果我們收了禮物，就沒有她們兩位的份了。

「我們也買了，沒關係的。」

希雅大人與米莎大人各自從口袋裡取出小小的熊熊擺飾。

「所以，那些是給菲娜妳們的。」

「這是護身符，一定會保護我們大家，請好好珍惜喔。」

我重新看著小小的熊熊擺飾。

雖然只是隱隱約約，但我覺得它有點像熊緩和熊急。

「對了，我想問菲娜，優奈小姐在這座城鎮做了什麼嗎？雖然我知道她挖了隧道，但鎮上的人卻說她救了這座城鎮。」

「那條隧道是優奈姊姊大人挖的嗎？」

聽到諾雅大人說的話，米莎大人很驚訝。

「這件事是熊熊粉絲俱樂部的祕密喔。雖然優奈小姐對外宣稱是自己發現了隧道，但其實隧道是她挖出來的。」

諾雅大人好像早就知道了。

因為她是領主的女兒，所以可能是聽說的吧。不過，她好像不知道克拉肯的事。但優奈姊姊

曾交代我，不可以把她打倒克拉肯的事情說出去。

就算我說出口，其他人應該也不會相信。而且我只是聽說過這件事，並不清楚詳情。

「呃，我也不清楚詳情。可是我聽說以前有巨大的魔物出現，是優奈姊姊打倒了牠。」

我隱瞞了克拉肯的事，這麼回答。

「原來也有菲娜不清楚的事呀。可是聽到這裡，我就懂了。優奈小姐打倒了攻擊城鎮的魔物，所以居民才會這麼感謝她吧。」

是的，的確沒錯。

「所以，居民才會做出這種熊熊擺飾吧。」

米莎大人和希雅大人好像也明白了。

然後，諾雅大人向希雅大人問道：

「對了，來海邊之前，優奈小姐曾經被國王陛下叫到王都，姊姊大人知道詳情嗎？」

「我也不清楚詳情。我只聽母親大人說過，她奉國王陛下之命，去了一趟迪賽特城。」

「迪賽特城嗎？」

諾雅大人歪起頭來。

看樣子，那是連諾雅大人都不知道的城市。

「那是位在王都南方的城市。因為距離非常遠，所以沒辦法輕易到達。」

「原來優奈小姐去過那種地方呀。」

我想起了肢解毒蠍的事。

那些毒蠍就是優奈姊姊當時打倒的魔物吧。

「菲娜，妳知道什麼嗎？」

諾雅大人看著我的臉。她是不是察覺了呢？

「呃，那個……」

毒蠍的事情必須保密。

可是，希雅大人說優奈姊姊去過那個叫做迪賽特的城市。

既然這樣，稍微說一點應該沒關係吧？

「……我知道一點點。優奈姊姊當時好像打倒了叫做毒蠍的魔物，曾經拜託我肢解。我頂多只知道這些。可是，這件事也是祕密。」

「沒關係，這是我們熊熊粉絲俱樂部的祕密。我不會告訴任何人。當然了，就算是父親大人或母親大人也一樣。」

諾雅大人這麼保證。

「請問一下，菲娜，毒蠍是什麼樣的魔物呢？」

在一旁聽著的米莎大人這麼問道。

「呃，毒蠍的身體表面有堅硬的甲殼，手也很硬，還有很硬的細長尾巴。」

嗚嗚，好難形容喔。

我只會說牠很硬。

「我記得毒蠍……」

希雅大人說著，拿出紙和筆，開始在紙上畫畫。

「大概長這樣吧。」

紙上畫著一隻毒蠍。

「對，就像這樣。」

希雅大人畫得非常好。不只是優奈姊姊，原來希雅大人也很擅長畫畫。

我形容得不太好，幸好有她的幫忙。

「看起來好可怕。」

諾雅大人看著紙上的毒蠍，這麼低聲說道。

「這確實是很危險的魔物。牠們的尾巴有毒針，被螫到就有可能致死。而且毒蠍還會躲在沙子裡，偷襲路過的人。」

「原來優奈姊姊大人去過那麼危險的地方。」

「就是因為那裡很危險，所以國王陛下才會拜託她去吧。」

「可是，優奈小姐明明去了那麼遠的地方，卻一回到克里莫尼亞就馬上朝密利拉出發了呢。」

是的。

我連這件事都不知道，在優奈姊姊剛回來休息的時候就連絡她，拜託她做了很多事。

可是優奈姊姊沒有擺出不高興的表情，答應了我。

優奈姊姊真的是一個很體貼的人。

然後，我們還聽雪莉說了修莉穿的熊熊泳衣的事。

快樂的熊熊聚會一直持續到瑪麗娜小姐與艾兒小姐回來為止。

諾雅大人似乎還想繼續聊，但修莉和雪莉好像都睏了，於是熊熊粉絲俱樂部的聚會便到此結束。

因為有很多事情是我和優奈姊姊之間的祕密，所以往後應該會很辛苦吧。

後記

我是くまなの。感謝您拿起《熊熊勇闖異世界》第十五集。

包括漫畫版在內，終於來到第二十本書。

回想第一集發售的時候，我萬萬沒想到能推出這麼多續集。對於一路支持本作至今的各位讀者，我有說不完的感謝。

這一集，優奈一下子打造滑水道，一下子享用冰淇淋，在海邊玩得不亦樂乎。而她聽說了移動島嶼的消息，帶著菲娜、修莉、希雅前往島上探險。

移動島嶼上有各式各樣的水果，優奈計劃在島上設置熊熊傳送門。可是，事情並沒有那麼簡單，優奈一如往常地遇上了麻煩。

而且克里夫與葛蘭先生也來到密利拉鎮，途中發生了許多事，但員工旅行還是平安結束了。

員工旅行篇到此結束。但優奈的冒險仍然會持續下去，希望讀者今後也能繼續支持。

另外，關於動畫方面，預告片已經完成，也請聲優進行錄音，正在加緊腳步製作中（註：此指日文版出書時的狀況）。

以監督為中心，許多人都參與了《熊熊》這部作品。我非常感謝各位工作人員。身為團隊的其中一人，我也會盡自己的棉薄之力。

動畫的製作正在一步一步地進行中，敬請期待。

最後我要感謝在出版過程中盡心盡力的各位同仁。

感謝029老師總是替這部作品繪製漂亮的插畫，並回應各式各樣的要求。

感謝編輯總是包容我的錯誤。另外還有參與《熊熊勇闖異世界》第十五集出版過程的諸多人士，感謝你們的幫助。

感謝閱讀本書至此的各位讀者。

那麼，衷心期待能在第十六集再次相見。

二〇二〇年五月吉日　くまなの

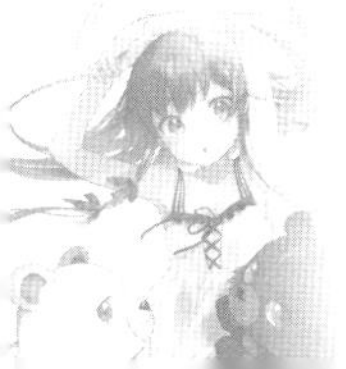

你喜歡的不是女兒而是我!? 1~2 待續

Kadokawa **Fantastic** Novels

作者：望公太　插畫：ぎうにう

遭到猛烈追求讓人暈頭轉向！
長年愛意爆發的超純愛愛情喜劇第二彈！

鄰家大男孩阿巧喜歡的不是女兒而是我，還向我熱烈告白……咦？就算你突然這麼說，我也還沒做好心理準備——然而為了攻下我，阿巧一再猛烈進攻，甚至主動邀約初次約會……卻因接連不斷的風波而極度混亂。不行啦，阿巧，那間旅館是大人的——

各 **NT$220/HK$73**

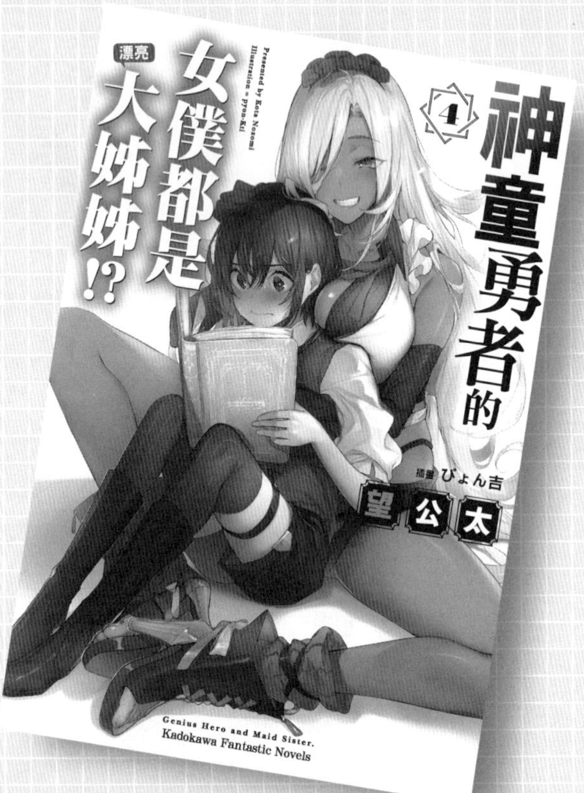
神童勇者的
4
女僕都是
漂亮
大姊姊!?
Presented by Kota Nozomi
Illustration = pyon-Kti
插畫 ぴょん吉
望 公 太
Genius Hero and Maid Sister.
Kadokawa Fantastic Novels

刮掉鬍子的我與撿到的女高中生 Each Stories

Kadokawa Fantastic Novels

作者：しめさば　插畫：ぶーた

「沙優，話說妳果然很會做菜耶。」
「啊，是……是嗎？」

從荷包蛋的吃法，吉田和沙優窺見了彼此不認識的一面；要跟意中人去看電影，三島打扮起來也特別有勁；神田忽然邀吉田到遊樂園約會……這是蹺家ＪＫ與上班族吉田的溫馨生活，以及圍繞在兩人身邊的「她們」各於日常中寫下的一頁。

NT$220/HK$73

繼母的拖油瓶是我的前女友 1~5 待續

Kadokawa Fantastic Novels

作者：紙城境介　插畫：たかやKi

純真無悔的單相思，
以及再次萌芽的初戀將會如何發展──？

自從結女在夏日祭典確定了自己的感情後，兩人變得更加在意彼此。而當暑假將近尾聲，照慣例泡在水斗房間的伊佐奈，不慎被結女母親撞見她與水斗的嬉鬧場面，在眾人眼中升級成了「現任女友」！然後，伊佐奈與水斗的傳聞，進一步傳遍新學期的高中……

各 **NT$220~250/HK$73~83**

嬌羞俏夢魔的得意表情真可愛 1~3 待續

Kadokawa Fantastic Novels

作者：旭蓑雄　插畫：なたーしゃ

有男性恐懼症的夢魔vs.反戀愛主義的人格缺陷者
無法老實的兩人，打情罵俏的戀愛喜劇。

夜美和愛上人類男性的夢魔朋友組成戀愛同盟，策劃對心上人設下愛情陷阱。這時，夢魔界以調查夜美和阿康的關係為名，提出了溫泉旅行的邀請。儘管阿康覺得這種擺明有內幕的發展很可疑，但夜美積極的進攻還是讓他慌亂不已……

各 **NT$200/HK$67**

間諜教室 1～2 待續

Kadokawa Fantastic Novels

作者：竹町　插畫：トマリ

選出「燈火」的最強成員！
痛快的間諜奇幻故事第二集登場！

「燈火」的下一項任務，是剷除冷酷無情的間諜殺手「屍」！克勞斯為此將選出最強成員——選出的卻是四名「實力堪憂」的少女？同時，其中一名成員對克勞斯的戀慕之情逐漸失控。當克勞斯設下的「謊言」揭曉時，就是少女們的真正價值受到考驗之時！

各 **NT$240/HK$80**

國家圖書館出版品預行編目資料

熊熊勇闖異世界/くまなの作；王怡山譯. -- 初版
. -- 臺北市：臺灣角川股份有限公司, 2022.02-
冊；　公分. -- (Kadokawa fantastic novels)
譯自：くま クマ 熊 ベアー
ISBN 978-626-321-210-7(第15冊：平裝)

861.57　　　　　　　　　　110021308

Kadokawa
Fantastic
Novels

熊熊勇闖異世界 15

（原著名：くま クマ 熊 ベアー 15）

2022年2月24日 初版第1刷發行
2023年4月25日 初版第2刷發行

作者：くまなの
插畫：029
譯者：王怡山

發行人：岩崎剛人
總編輯：蔡佩芬
編輯：邱璨萱
美術設計：黃永漢
印務：李明修（主任）、張加恩（主任）、張凱棋

發行所：台灣角川股份有限公司
地址：104台北市中山區松江路223號3樓
電話：（02）2515-3000
傳真：（02）2515-0033
網址：www.kadokawa.com.tw
劃撥帳戶：台灣角川股份有限公司
劃撥帳號：19487412
法律顧問：有澤法律事務所
製版：尚騰印刷事業有限公司
ISBN：978-626-321-210-7